青く瞬いた日々

林　優

HAYASHI Yu

文芸社

目次

少女A

プロローグ

畳一枚ほどもあるその油絵は、玄関のドアを開けて入るとすぐに見える、真正面の壁に掛けられていた。高いスツールに腰かけて、その貫に片足をあずけた少女が、もう一方の足を無造作に床に投げ出しているポートレートだ。細身のジーンズを穿いて紺と白のストライプ柄のセーターを着て、真ん中で分けられた長い黒髪がその両肩を覆う。少し傾けた小さい顔から伏し目がちに向けられた瞳は、何も見ていないようでもあり、すべてを見透かしているようでもあった。

第一章

福井県を勾玉《まがたま》の形に譬えるなら、ちょうどひもを通す穴のあたり。そこから日本海に流れ出る一級河川が九頭竜川《くずりゅう》である。暴れ川とも呼ばれたこの川の下流域は、土壌に海水の塩分が混ざることから、水量豊富な上流域と違い、ただでさえ水争いが絶えない下流域であるのに塩害にまで苦しめられている。それでも米を作らずにはいられない。

海の幸にも山の幸にも見放されたそんな貧相な平地の上を、九頭竜川に向かって縫うように注ぎこむ小さな川があった。その川のほとりの、最も河口に近い農村が磯部村である。米作りにははなはだ不都合なその村の、貧しい農家の娘として麻子は生まれた。

麻子の家はもともと貧しかったわけではない。

このあたりは千年に亘って水に悩まされてきた地帯でもあり、幾人もの先人たちが水と闘ってきた。子供たちが大川と呼んで恐れていた九頭竜川に、私財をなげうって堤防を築いた衆議院議員の杉田定一《すぎたていいち》や、彼のもとで走り回った村人たちの姿を目の当たりにして育った麻子の曽祖父は、若くして政界に身を置くようになった。明治中頃の話である。

だが、志ばかりで事は成らぬ。果実を求めて請願・陳情・接待に駆け回り、気付けば家の財産をすべて持ち出していた。

富豪ではなかったが格式の高い家であった。しかし、すべてが人の手に渡ったとあっては小作人に転落するしかなかった。曽祖父は第一線から退いた。

家督を継いだのは麻子の父・治平《じへい》である。本来家督を継ぐべき治平の父が、生まれながらにして聴覚を奪われていたためである。天の采配があったのかどうか、治平は幼少から目ざとく賢かった。曽祖父はこの家の後継者を治平と決めて、我が子に伝えたいことのすべてを孫に託した。家系のこと、村のこと、農業と水のこと、そして、志を成し遂げるには政治の力が必要なこと。

治平は見事に期待に応えた。家計を建て直し、家長としての務めを取り戻した。困り事を抱えて駆け付ける一族の者たちの声に真摯に耳を貸し、心を砕き、なかには治平を実の父親以上に慕った若者もいる。

そして、曽祖父の死後ではあったが、長年の村民の悲願を達成した。誰もが平等に、安定した水の供給を受けられるようになった。だが、それはまだ先の話である。

治平は小作の子として育った。地主に虐げられながら黙々と耕すだけの家族の姿に耐えられない毎日を送っていた。子供のころから優秀で、学業で頭角を現していたにもかかわらず、いかんせん、貧困は治平を押しつぶす。

「いつかは、ここを飛び出すぞ」

それは思わぬ形で成就されることになる。満州事変の勃発以来、日増しに濃くなる戦時色とともに育った治平は、未来の海軍幹部兵を養成する海軍特別年少兵に志願したのである。入団年齢が引き下げられ、弱冠十四歳でも志願が可能になったからであった。

「憧れの海軍様となって、故郷に錦を飾ってやるんだ」

意気揚々と家を出たが、時代に見放された。一夜にして百八十度の転換を受け入れ敗戦国となった日本社会に、治平の居場所は用意されていなかった。

「敗残兵のままでは終われない」

治平の胸の奥底にはいつもその叫びがあった。

五人兄弟の長男にもかかわらず野良仕事などには目もくれず、時代を嘆き、文学に身を沈め、戦後の数年は身を持ち崩した。が、二十歳そこそこで隣村のキミを見初め、すぐに子を授かると、軽々しくこの地を離れられなくなった。麻子と名付けた娘を守らねばならぬ。耳の不自由な夫に代わって一家を切り盛りしていた治平の母は、時機が来たとばかりに、治平に家督を継ぐように言い含めた。

戦後処理の政策によって小作からは解放されたが、貧しい生活に追い打ちをかけるように、自然の脅威が襲いかかった。戦後の復興をあざ笑うかのように、昭和二十三年六月二十八日に起きた福井地震が、建てたばかりの治平の家を無惨に破壊したのである。

「このままでは終われない」

治平の負けじ魂に火が点いた。世の中の上昇気運とあいまって、家族のために大掛かりな農作業小屋を手に入れた。それは、この後、何回となく繰り返される住居の建て替えや増改築のたびに、治平一家の仮住まいとなった。

だが、まだだ。治平自身は貧困のために諦めざるを得なかった高学歴への道を麻子に拓いてやるには、まだだ。

数年後、治平は頭の良さを生かして独学で行政書士の資格を取り、自宅を改装して法律事務所を立ち上げた。だが、貧困に対する恐怖と、暴力的な軍隊生活で培われた権力への憧憬が、治平の中から消えることはなかった。

壊れた家の中で生まれた麻子だったが、物心がつく頃には法律事務所を始めた父のお陰で、年に何回かは漫画雑誌なども買ってもらえた。だが、麻子は、父親の胸中に潜む歪んだ欲望に感づいていたし、それと同じ血が自分の中に流れていることを恐れていた。

麻子が中学二年の時である。のちにテレビドラマの主人公として一世を風靡することになる〝金八先生〟を地で行くような熱血教師の仁堂《じんどう》が担任となった。高邁《こうまい》な教育理念に思想心情ともに取り込まれた麻子は、それまで以上に極端に父親を避けるようになった。

昭和三十年代当時は講堂にテスト結果が張り出され、トップを走る生徒の名前は校内外に知られ、村人の間でも噂されたものである。中学最初の中間テストで学年一位の成績を修めた麻子は、二年になったとたん一挙に五十番にまで下がってしまう。「成績で人間の優劣を決めてはいけない」と仁堂先生の薫陶《くんとう》を受けたからであるが、だからといって自ら落ちこぼれる必要はなかろう。

「これはおかしい」

担任の教育方針に納得がいかず、娘の屈辱的な立場に耐えられなかった治平は直談判に駆けつけた。そのことを後で聞かされた麻子は、治平を恥じ、熱血教師の横で泣いた。

高校受験にあたっても、「私立だからといって県立より劣るものではない」ことを証明するために、あえて私立校を受験しようとして、麻子と治平の二人はさらに対立した。誤解を恐れずに言えば、当時は県立にあぶれた者が私立に行くものと、そのことは相場が決まっていたのだ。結果的には県下屈指の進学校に合格するのだが、人もうらやむ県立高校に入学しても、麻子の師は相変わらず仁堂先生であった。

将来の進路についても例外ではない。日曜日に母校を訪ね、ＮＨＫの合唱コンクールに熱心に取り組んでいると話した時、仁堂先生は言った。

「音楽は良いね」

麻子はその何気ない一言を聞き逃さなかった。音楽文化と人類についての一般論にすぎなかっただろうに、まるで、興味も能力も麻子には十分に備わっていることを保証する言葉に聞こえてしまったのだ。音楽の道に進めば煩わしい受験勉強をせずに済むし、無駄に進路に悩まずに済む。そういう計算も働いていたかも知れない。

しかし、簡単に手に入れたものは、簡単にこぼれていく。

第二章

部活を終えると、下校はいつも夕方になる。その日も部長と並んで電車の駅までの細長い道を歩き始めた。二人は毎日一緒だった。しかし麻子には予感があった。日に日に一層暗くなる寒い道を、一人で歩く日がそう遠くはないと。

「ねえ、『青きドナウ』の第二テーマ、ゆっくりクレッシェンドの方が良くない？」

「いや、最初からドンッ、とフォルテの方がインパクトがある」

学校祭のために選曲した『青きドナウ』の曲想について、くい違う二人の見解をなんとか解消したいと、副部長である麻子が思い切って問いかけたのだ。合唱部の部員だけであらかた曲を仕上げて、コンクールでは必ず一位を射止めることで有名な顧問の指導を仰ぐ。単なる慣例だったが、部員を率いる者の試金石のようで、曲の仕上がりには神経を使う。めったに異論をはさまない麻子だったが、『青きドナウ』だけはそうはいかなかった。

実は昨年、麻子は映画館で同名の映画を見ていた。ウイーン少年合唱団の男の子が声変わりのために退団を余儀なくされるという物語である。その中に使われたヨハン・シュトラウスのウィンナワルツやポルカは麻子をとりこにした。中でも『青きドナウ』は、何度も何度も聴き込んで、映画で聴いた以外のイメージなど想像もできず、部長の解釈には納得がいかなかった。だが、麻子は副部長である。最終的には部長の意見に従った。


「先生、お願いします」

出来上がった曲を指揮してもらうべく、顧問のいる教職棟まで呼びに行く。

「おう」

名物教師は待っていたように目の前の指揮棒を取り上げた。音楽室までの渡り廊下を、体をリズミカルに揺らし指揮棒を宙に遊ばせて、鼻歌交じりに『青きドナウ』を歌いながら歩いている。もう曲想は出来上がっているようであった。

満を持して英傑の指揮で歌った。件《くだん》の箇所に来ると、当たり前のようにリタルダンド・クレッシェンドを指示した。

「やっぱり」

仁堂先生は間違ってなかった、音楽は私に向いている。麻子はひそかに自信を持ったが、それ以上に、芸術においては譲歩など美徳でもなんでもなく、むしろ欠点であり、作品に対する冒瀆にさえなりうることを思い知らされた。

「そんなに強くいられるかなあ」

不安と共に、いつだったか言い放った部長の明るい声を思い出した。

「部活と勉強の両立？　全然大丈夫！　目的は進学することだから、部活は息抜きだよ」

部長が全く不安を見せなかったことに、麻子はおびえた。


麻子をおびえさせるものはもう一つあった。

その生徒の本命が文学にあることは、周囲の誰もが知っていた。その生徒にとって音楽は、進学校に一年間だけ履修が許された芸術科目の一つにすぎない。書道と美術を選択しなかっただけのことである。にもかかわらず、名物教師の授業を一緒に受けていた音楽室で、毎日のようにＮＨＫで放映されるベートーヴェンの作品と、それを指揮するカラヤンについて、詳細に、面白く、自信に満ちあふれた様子で語るのだ。

天は二物を与えていた。音楽などたかがおまけの道楽ごとにすぎないその生徒と、麻子は並ぶことさえできないでいる。のちに文学界の寵児となる彼の声を、取り巻きたちから離れて遠くに聞いているだけであった。

「そうだった、ここは〝偉人の林〟だった」

麻子は校内に脈々と伝承されていた言葉を噛み締めていた。

麻子にとって、合唱部だけがよりどころだと分かっていたのに、息抜きだと言い切る部長に「ノン」さえ言えなかった。心に宿る石のつぶてが、いよいよ「最後の結論を出せ」と麻子に放たれる。

麻子は合唱部をやめた。


麻子はこの校舎に初めて足を踏み入れた受験日のことを思い出していた。ものすごく耳が痛かった。おそらく熱もあったのではないか、それは受験をめぐって対立した父に対する精いっぱいの抵抗のようにも思えた。

そんな痛みの中でも、全ての問題に解答は書けて合格となったが、県下の中学の優秀な生徒がこぞって集まるこの高校は、麻子にとって居心地のいい場所ではなかった。上位の成績が見込めないどころか、波長の合わない教科などは赤点まで取る始末。なんという体たらくか。だが、それはいい。名門校になじまないことが麻子の矜持でもあったし、〝中学四年生〟と思い込むことでやり過ごせた。それよりも、部活まで手放すことになって麻子ははたと行き詰まった。

聞き分けのいい優秀な子供だった時代も、仁堂先生とともにあった時代も、正義とか真実とかがいつも問われ、社会が求める理想型のままに麻子は形作られてきた。しかし、それらはすべて人から植え付けられたものでしかない。自分で選び取ったものがひとつとしてなかったことに気が付いて、あるべき人間像も、良きものとしていた音楽も、今では無意味な規範に見えた。麻子の中には何も残っていなかった。

「私は何をしたいの？　何が好きなの？」

思想にも理念にも縁のない周りのミーハーたちを、現世の御利益にしか関心のない大人たちを、ひそかに軽蔑していた。だが、どうだ！　およそ人として生まれた者がすべからく持っているはずの基本的な感情、「好き」「嫌い」さえ、麻子は見つけることができないでいる。今まであざけっていたあの者たちにも及ばないのだという思いを、麻子は生涯引きずることになった。

自分の中から、ガラガラと崩れていく音が聞こえる。壊れていく麻子に一つだけ救いがあるとすれば、中学五年生にはならずに済んだことだろうか。

高校の担任は、学期末に通知表をもらいに来た母親のキミにこう言ったそうだ。

「娘さんは、まるで哲学者のようでして」

高校二年の夏休み、〝倫理社会〟の宿題としてレポートが課されたことがある。何を書いても良いという。進路は音楽と宣言しているのだから、カラヤンの来日に合わせベートーヴェンの九つの交響曲を研究してみようか。父におねだりして交響曲全集のレコードを買ってもらおう。大枚をはたくことになる。でも父は買うだろう。高等教育を授けてやれる自分に酔うに違いない。麻子は男親特有の弱点をよく知っていた。

真新しいレコードにおもむろに針を置く。洋室に改造したピアノ部屋には、壁の一面に重厚なステレオセットが配置され、グリーンの布張りの大きなソファも置かれていた。法律事務所を軌道に乗せて、治平が手に入れたものだった。体調の悪い時には治平のベッドに早変わりしたそのソファに座って、大音量でベルリンフィルハーモニー管弦楽団を聴いた。

集中できない。

時には睡魔も。

そのうち思いはとんでもない方向へ。

同じ頃に来日していたもう一組の著名人、ジャン・ポール・サルトルとシモーヌ・ド・ボーヴォワールが気になってしようがないのだ。サルトルの〝実存主義〟とボーヴォワールの〝第二の性〜女はこうしてつくられる〟は倫理社会の授業で紹介された。「婚姻はせず伴侶として生きるのだ」と公言し、女性を第二の性だと言い切るボーヴォワールの本を、いつも手元に置いていた。

公約通りに音楽に時間を割くか、父の事務所に相談に来る女性たちの苦しみの根源と向き合うか……。軍配は後者に上がった。

その時、心血を注いだ麻子のレポートは、高校の教師の間を転々とし、とうとう手元には戻ってこなかった。レポートとは名ばかりの、ただの心情の吐露にすぎなかった四十枚の原稿用紙は、どこに迷い込んだのだろう。レポートの行方は、〝ひと未満〟と思い知った麻子の心の行方そのものだったかも知れない。

高校最後の年に麻子は風変わりな、というより型破りな教師に巡り合った。思想的には、仁堂先生と同じ側にいたが、彼は思想教育などしない。型破りな教師は、大学時代に学生結婚、卒論は夏目漱石、生徒から見てもマイペースの国語教師だった。麻子はなんとなく波長が合って漱石を読み漁った。『坊つちゃん』『吾輩は猫である』ではなく、『こゝろ』や『門』など前期・後期の三部作を読み込むうち、高等遊民と明治の言葉の世界に毒され、憧れるようになった。

のちに麻子が上京し、実際の江戸の民を知るところとなって、漱石の描く高等遊民の世界は、漱石に描かれることで成立するもので、実社会では決して美しく憧れるようなものではないことを習得する。しかしこの時、まだ、その境地には達していない。麻子は、漱石と、小説に登場する主人公と、しがない国語教師とを重ね合わせた。

普段はおとなしい、目立たない、授業も飛びぬけて面白いというわけでもない教師が、思わぬ行動に出た。

その教師は翌日予定されている教職員ストライキを前に、その正当性を主張し、次の授業ができないことについては真摯に謝ったのだ。その自由さと無謀さは教室内に伝播した。と思い込んでいた麻子は、事あるごとに授業終了間際に一方的に手を上げ、

「少し時間ください」

そう言って教壇に立ち、読書中の本から抜粋した箇所を朗読したり、昨今の所見を発表した。

教室で授業を受けていたほかの生徒たちはどう思っていただろう。友人といえるクラスメートなど一人もいない中で、それでも、いや、それゆえにこそ、発信せずにはいられない、麻子の奇妙な衝動を。ずっと後になってこう漏らした生徒がいた。

「この人、この後生きていけるんだろうか」

麻子自身も気づかなかった問いが、既に生まれていた。

麻子のこの奇妙な衝動は、受験のために東京に向かう列車内で完結する。公約通りに音楽を選んだが、それは自分探しをするための方便であることを、麻子は散文ではなく長い

長い詩に託した。車内で書かれた熱烈書簡は、型破りの国語教師に一方的に送られたままである。

せっかく決心した音学大学の受験は失敗。合格発表を見るために再度上京した時、音大前でビラを撒いていた予備校への入学を即座に決め、浪人するために三度《みたび》上京した。麻子は、また治平に甘えた。

第三章

「リヒャルト・シュトラウスの『薔薇の騎士』、めったにない企画だから行っておいで」

音楽予備校の校長先生に勧められて上野の文化会館へ繰り出す。字幕のフィルムコンサートは、麻子にとってちっとも面白くなかった。

「深沢亮子のピアノ、聴いておいで。日比谷公会堂だよ」

ピアノコンチェルト『皇帝』を初めて聴いた。後で「どうだった？」と校長に聞かれた時、「よく指が動きますね」と、素人とも、その道を究めた達人ともとれる言葉を返したが、テクニックのことも曲目についても、麻子には遠い出来事に感じられた。そもそも、ベートーヴェンのピアノ協奏曲を初めて聴いたなんて、口が裂けても言えなかった。

そんな受験生でも一年後には音楽大学に合格することができた。

ここは東京だ。音楽に限らず、自由に探し物をしてもいいのだ。麻子は、映画を新宿武蔵野館に、芝居を紀伊國屋ホールに、世界を沸かせたロックオペラ『ＨＡＩＲ』を渋谷パルコに見に行った。なけなしのお金でチケットを買って指定席に座ると、周りからの容赦のない言葉が聞こえてくる。〝容赦がない〟というのは演目の出来具合についてではない。その分野の専門的な、ある時は政治的な事情や背景について、ひそひそと話しているのが麻子の耳に届くのだ。その声は麻子を完膚なきまでに打ちのめした。

「君にはここに座る資格はない！」

彼らはそう言っているのだ。

さらに麻子を追い込んだのは、昨年から特に大きくうねり始めた〝ナンセンス〟の波である。使途不明金に端を発した日大全共闘、医学部インターンの不当処分を問うた東大全共闘、それらは安田講堂の落城に終焉したかに見えたが、さらに、中学・高校や地方大学に伝播していった。彼らの問いは、社会そのものに対するものだったからである。

マイクから聞こえる「我々は〜っ」のアジテーターの声、既に東大が落ちたというのに、麻子の通う音大のキャンパスは今が絶頂期のようだ。よしや、下火であろうとも、学生たちが突き付けた問いが解けない以上、麻子はいつも渦中にある。その問いは麻子自身が発するものでもあり、麻子自身に問いかけられるものでもあった。

黒ずくめの服に身を包み、隠れるように「我々は〜っ」を聞いていると、後ろから声がした。

「君は、大丈夫だね」

予備校時代に作曲を教えてもらった恩師である。幼少の頃から修練を要求される器楽コースとは違って声楽は門戸が広い。声楽は体自体が楽器だからである。十八歳は成長の途上にあり、努力だけで入れると選んだのだが、いつまで経っても人前で歌うことに慣れることができず、専攻科目を作曲に変更して受験した。半年ほどの準備で合格できた陰には、おそらく恩師のただならぬ尽力があったはず。麻子は恩師の在籍する音大に受かったのだ。

「はい」

と小さくうなずいた。とても「大丈夫です」とは言えなかった。ここまで来ても、まだ、音楽を選べていなかったからである。

その頃の学生は多かれ少なかれ〝大学闘争〟の洗礼を受けた。麻子も例外ではない。

麻子が入り浸っていた音大の図書室に、いかにも田舎から上京したばかりという風采の男子学生がいた。学期初めの頃は黒い詰襟を着ていたのに、いつの間にかTシャツとジーパンになり、羽織った長いコートの襟を立て、ボタンは外したまま。髪を伸ばし、そのうちスニーカーの後ろを踏んづけて履くようになった。彼の風体《ふうてい》が変わるたびに、

「君は、今そこにいるのか」

と、麻子は心の内で彼に呼びかける。

彼の心の移ろいが、麻子には手に取るように分かった。

麻子にも覚えがあったからだ。制服を脱ぎ、良家の子女よろしくブラウスにスカートをまとう。花柄のワンピースで帰省したこともある。だが、ある時から、なぜか、東京・福井間を行き来するたびにスカートの丈が短くなっていった。いくら世の中にミニスカートが流行ろうとも、胴長短足の自分には無関係だし、それぐらいの美意識はあると思っていたのに、である。

短くするために切り捨てた布の量が、世の中に対する〝ノン〟の量と比例した。そのうちスカートそのものも避けるようになり、上衣のボタンもかけられることはなくなった。世の中の約束事に従えなくなるのだ。〝ナンセンス〟は心の内から聞こえてくる。世界的な学生運動のうねりは、確実に麻子の体を呑み込んでいった。

〝ナンセンス〟の波は思わぬ状況を巻き起こす。その年の音大の学園祭のことだった。音楽家の卵たちの壮麗な演奏が続いた後、まさに幕が下りようというその時、ステージの上から『ヘイ・ジュード』が聞こえてきた。音楽家の卵たちが演奏し始めたのだ。客席にいた者は立ち上がり、全員でビートルズを歌い、体を揺らした。クラシックの殿堂は、予期せぬ大団円となった。

その波は街にも流れ出ていった。公民館では『戦艦ポチョムキン』が上映され、近くの高名な国立大学ではピケを張ったまま羽仁五郎の講座が開かれ、音大近くにあった学長宅を狙ってヘルメット学生がデモる。ビラは毎日のように撒かれ、大学入り口にはタテカン（立て看板）が並んだ。

麻子はそれらに答えられなかった。問題意識は共有できるのに、闘う側に身を置くこともできず、むろん回答など持ち合わせてはいない。本来はそれらをはねつけるほど没頭できるものが音楽であるはずだったが、自分の中にその熱量を感じることはなかった。答えられないままその地に立つことが、音楽との距離を見極められないまま大学に籍を置くことが、徐々に許せなくなっていった。

学内に身を置くたびに、街の喧騒の中を歩くたびに、毎回、選択を迫られることに耐えられなくなっていった。

麻子は退学届を出した。

かつてヘルメット学生とともに走った学長宅の前の道を、今夜は一人で静かに歩く。

「もう、ここにいなくてもいいんだ」

そう思って空を見上げたとたん、心がふわっと浮いた。ほっとした。当事者でいなくて済む安穏を手に入れたのだ。それはしかし、敵前逃亡でもあった。

解放感と罪悪感。

この軽さを、一生忘れまい。


東京に出てきてたった三年目である。答えも見つけないですごすご故郷に戻るわけにはいかない。まずは宿と職探し。

職は喫茶店のウエイトレスにもぐりこんだが、貧しい少女の住処《すみか》はなかなか見つけられなかった。ただ銭湯と駅に近いだけでいいのに、不動産屋のガラス戸に映る自分のみじめな顔にハッとして、物件情報の張り紙に目を通さないまま引き返すことが何度もあった。

「こんなところで何をしている！」

麻子は下を向いて歩きながら、自分自身に激しく言葉をぶつけた。


因縁にとらわれることもなく、自由に、勝手に、自分の立ち位置を示すことなく自分を探ることができるはずだ。そのチャンスにも素材にも事欠かない東京にこだわって、さして土地勘もないままに麻子はいくつもの駅に降り立った。一日中歩いて、何も手にできない。麻子をつなぎとめるものが、日に日に弱くなっていく。

人とはこんなに脆《もろ》いものか。たかが住むところが確保できないだけで、生きることをやめたくなるのか。こんな些細なことが、人の生き死にを決めるのか。

自問自答に押しつぶされながら、麻子は音大の寮へ引き返す。あと十日のうちにここからも出ていかねばならぬ。音大に入る時に東京で買ったピアノは、ずいぶん前にタダ同然でピアノを持たない音大生に譲った。机もベッドも造りつけの部屋は、身一つで出ていくのを待っている。

「どうしよう」

いたたまれなくなって再び街に出た。

大好きな夕暮れ時である。逢魔《おうま》が時《とき》は、表情を適度に隠してくれる。電車の駅から忙しく家へ向かう足音を聞きながら、

『彼らとは永久に『縁なき衆生』だな」

と、麻子は自虐的に薄笑いを浮かべた。少し潤んだ目に、駅前の大通りに面した不動産屋が映った。もう店を閉める頃だろうに、熱心にのぞき込んでいる青年がいた。良い情報でもあったのかと気になり、そちらに足を向けることにした。

「ここ、トイレもキッチンも、シャワーまでついてるって？　ほんとかなあ、こんな家賃

で。おまけに駅まで十五分だって？」

首をキリンのように前に突き出し、眼鏡を手で持ち上げながら独り言を言っている。

「詳しくお聞きになったらいかがです？」

麻子は、かつて憧れていた漱石の登場人物よろしく、きどった東京弁で初対面の青年に声をかけた。

「ああ、そうですね。では、いっしょに聞きませんか」

青年はなかば強引に麻子を不動産屋の主人の前に座らせた。その主人の説明によると、ちょっとした不祥事があって安く出しているが、決して怪しい物件ではないという。一人で支払うには高額だったために、麻子のアンテナには引っ掛からなかった。

突然青年が言った。

「君も部屋を探してるんでしょう？　二人で借りませんか？」

たしかに二つの部屋は台所をはさんでそれぞれ独立していたし、家賃も半額ならなんとかなる、でも、この人初対面だし……。麻子の迷いを感じ取ったのか、

「ボク、川中良樹といいます。M美大の一回生」

どうりで眼鏡を持ち上げる指先が色で染まっていたわけか。思えば声をかけた時から、そうなると決まっていたのかも知れない。麻子は申し出を受け入れた。

第四章

川中が通う美術大学に行くにはさらに電車を必要とするのに、夜間のアルバイト先が駅前にあるからと契約したその家は、中央線の西荻窪北口にあった。電車を降り青梅街道に向かって十分ほど歩くと、橋の手前に古道具屋が見えてくる。その角を川に沿って東に折れると、市井《しせい》の民家がひっそりと立ち並ぶ一角にさしかかる。

見事な竹垣が見えてきた。平屋造りの門柱をくぐると玄関の左手に飛び石が敷かれて、それは清楚な枝折戸《しおりど》にたどりつく。老夫婦は敷地内に鉄骨の二階建てを建て、そこに結婚したての息子夫婦を住まわせたが、五年ほど前に交通事故で亡くなったという。空けておけばいつまでも息子夫婦が思い出され、思い切ってアパートとして二階だけを人に貸すことにしたのだが、最初の借り手が睡眠薬を飲んだらしい。貸してみれば毎月の決まった収入は年金暮らしの老夫婦にとってありがたいものだった。しかし、事故と不祥事が続き、妙な噂が災いして借り手がつかないので、渋々家賃を下げたというのだ。

広い敷地内にはアパートに沿ってもう一つの中垣が造られていた。あたかも独立した一戸建てのような二階建ては、入り口が老夫婦心づくしの枝折戸である。平屋の勝手口横にあたる枝折戸を開けると、すぐに鉄骨造りの階段があった。一階は物置に使っているようだが、ゆったりとした玄関と使い勝手のよさそうなベランダ付きの二階家が、麻子は一目で気に入った。合鍵を作り、家賃と水道光熱費を折半することにして川中と同居を始めた。

麻子は喫茶店のウエイトレスとしてまじめに勤め、毎月の部屋代を稼いだ。何事にも全力で取り組んでしまう習性は誤解を生む。

開店したばかりの喫茶店「フランス」は、明るい店内にケーキも置いて女性たちの憩いの場だった。麻子は素人だったがマスターの的確な指示もあり、そのうちフロアのことはすべて任されるようになった。厨房を預かっていたのはマスターの子息で、麻子とは「よっ、ご両人」と冷やかされるほどに呼吸が合った。

仕事をしていてテンポが合うことほど快適なことはない。一を聞いて十を悟り、先を読んで気配りする。週に一度の休みでも、必要とあらば快く出勤した。麻子には魚心《うおごころ》などなかったが、子息には水心が生じた。子息が麻子を映画に誘ったり、繁華街に連れ出すようになった。洒落たレストランでの食事が、いつの間にか新宿のジャズ喫茶に出入りするようになり、暗がりの道をひっそりと歩くまでに。

「これはまずい」と、麻子は思った。

気のせいかマスターの眼差しが優しくなっている。周りの人と一緒になって「よっ、ご両人」と冷やかすこともあり、ウエイトレスなどあくまで仮の姿だった麻子は息苦しくなってしまった。

「もう、ここにいるべきではない」

麻子は喫茶店をやめた。

また、逃げたのだ。一度逃げたらずっと逃げ続けるしかないのか。音楽からも、政治からも、生活からも……。

麻子は、アルバイトを始めると同時に英文タイプの教室に申し込みをしていた。タイプライターのカタカタという音に憧れていたこともあるが、ピアノから遠ざかった指を持て余していたからだった。紙に書かれたタイプライターの文字盤の上に両手を置き、ブラインドタッチの練習をする。新宿の教室の本物のタイプライターに触れる時を楽しみにしていたが、喫茶店のシフトの都合で何度もキャンセルを迫られ、なかなか次の課題に進めなかった。一時間二百円のキャンセル料はマスターが負担してくれたが、進捗がままならないことについては不満が残った。それでも〝継続は力なり〟で、英文を見れば頭の中でスペルに分解され、指がひとりでに動くまでに上達した。アルバイトをやめたのだから、これからはもっと練習に専念できるし、資格取得へと舵を切り直す潮時かな、と考え始めるようになった。

第五章

川中の夜間アルバイトというのは、絵画教室の雇われ塾長であった。教室がない時は自由にアトリエとして使わせてもらえた。通ってくる生徒は学校や仕事帰りがほとんどであったから、麻子との同居は大して負担にはならなかった。

川中は生まれた時から父親を知らない。死んだのか別れたのか、何も知らされていなかったが無理に聞き出すこともあるまいと、なるべく父親の話題には及ばないように気を配っていた。祖母たえと母智子の女二人で営むしがない下宿屋で育った川中は、生計を立てるということがどれだけ大変なことか、男手をどんなに待ち望んでいたか、よく分かっていた。だが、どうしても絵を諦められず、高校を出てからは自分で食い扶持を稼ぎながら美大を狙った。

帝国ホテルのボーイ、沖仲仕《おきなかし》、試験会場の監督官など、手当たり次第に仕事をこなし、三年かかって受験費用と学費を貯めた。四年目にしてM美大受験に合格し、学生課の紹介で絵画教室の塾長を射止めた。

麻子と同居するようになって四年目の冬、急に冷え込んだ朝に、母から分厚い手紙が届いた。淹れたてのコーヒーと手紙を手に、お気に入りの鉢植えの前に腰を下ろした。カップの湯気が眼鏡を真っ白に曇らせるのをぬぐいながら、見覚えのある母の細い字を追った。

手紙には父のことが延々と綴られていた。川中は初めて父の名が春樹だということを知った。

東北の海辺の町で生まれた春樹は、子供の頃から将来を嘱望された利発な少年だったという。が、それが彼を幸福にしたかどうかは定かではない。どちらにせよ、卒業後は代々続く開業医を継ぐべしと、大学は東大と決められていた。無事現役で合格した春樹は、大学に近い小さな下宿屋に身を置いた。

母一人子一人で慎ましく下宿屋を切り盛りしている家の二階に、男の学生を置くなど不謹慎では……といぶかったが、

「でも心強いのよ、男の人がいると」

女二人は口をそろえて平然と答えた。

家庭料理が並ぶ夕飯は派手ではないがやすらぎがあり、いかつい男たちが白衣の裾を翻し、声高に叫ぶ政治家も時には食卓に現れた春樹の実家とは全く様相が異なっていた。初めて触れる下町の、まあ、ちょっと過干渉気味ではあったが、人情味あふれる下宿屋に春樹が心を許すまで、そう時間はかからなかった。

高校を出たばかりの智子は、それまでも下宿屋を営む母の仕事を手伝っていたが、さらに料理・買い物・掃除とかいがいしく精を出した。遊びたい年頃だろうに、不満のひとつも漏らしたことはない。母の働く姿は智子に選択肢を与えなかった。

彼女の趣味は刺繍である。何かというとすぐに木製の輪っかを持ち出して、はさんだ布に色とりどりの糸を刺す。針を上へ下へと動かしながら、思い描いた図柄が少しずつでき上がっていくのは、智子にとって至上の喜びだった。

春樹が玄関わきの小部屋の前を通る時、智子はいつも下を向いて針を刺していた。

「行ってきます」

と声をかけると、

「行ってらっしゃい、今日のお帰りは？」

と顔を上げる。春樹が答えた時間になると、待っていたように夕食が並べられ、いつも温かい食事にありつけた。それは春樹が研修医になり帰ってくる時間が不規則になっても変わることはなく、智子は針を刺しながら、彼が帰ってくるまで起きて待っていた。

長い東京生活も最後の一年となった夏休み、うちわをパタパタさせながら春樹は声をかけた。

「ねえ、君は日本海の海見たことあるの？」

目を丸くして智子はかぶりを横に振った。

「来週帰るから、いっしょに見に行かない？」

今度は首を縦に振った。

たえへの説明も、東北までの切符や宿の手配もすべて済ませて、智子はただついて行くだけで良かった。

東京から見ればひなびていたが、海辺のその町にある教会風の医院はいかにも美しく、下宿屋の娘を圧倒した。そこで忙しく働く人たちが白衣の天使に見えた。

院長夫人は、バラの花をあしらった紙のように薄いティーカップにアールグレイを注ぎ、夫人手作りのキュービックチョコを二つ添えて智子の前に置いた。だが、智子はそのどれにも手が付けられないでいた。柔和なバラの花とは裏腹に、院長と夫人は智子を深く傷つけたからである。

〝どこの馬の骨か分からぬ〟といった類《たぐ》いの言葉を吐かれ、そういうつもりは全くないのに、「息子の足を引っ張るな」とくぎを刺された。両親にとってはやむないことであろう、春樹はめったに帰省しなかったし、医院を継ぐ意志が揺らいでいるのではないかと秘かに心配していた矢先であったから。

いたたまれなくなった春樹は声をかけた。

「出よう」

言うが早いか智子を連れ出した。

海岸線に沿って造られた擁壁を背に、ザザーッ、ザザーッと打ち寄せる波の音だけを聞いていた。夕日はとっくに沈み、後を追いかけるように上弦の月が地平線に向かっている。満月ほどではないが、二人を照らすに十分なその月は、海の上で手前の方にたなびいて、波とともにゆらゆらと輝いていた。

智子が口を開く。

「海の上のお月さんて、ホントにこんなになるのねえ。絵を描く人が、勝手に想像してるんだとばっかり思ってたわ」

そして、しばらく黙った後で、低くつぶやいた。

「まるで、涙が流れてるみたい」

春樹はたまらなくなって、智子の肩を引き寄せた。小柄な娘は彼の胸の中にすっぽり埋まった。少し震えている。泣いているのだと春樹は思った。

誠実でまじめな二人は、宿に帰っても並んで横になり手を握り合うだけであった。

空が白み始めたころ、春樹と智子は穏やかな浜辺を前後して歩いた。もう並んで手をつなぐこともない。智子はその日、海辺の町をひと回りし、医者の卵は開業医の息子に戻って数日間親孝行に励み、別々に東京に引き返した。


その後も、下宿屋では変わらない日常が流れていた。変わったことといえば、智子の刺繍がいつまで経っても出来上がらなかったことぐらいである。

いよいよ明日は春樹が下宿を引き上げるというのに、たえは近所の老女仲間と桜を見に行ってしまった。毎年四月の初めには女たちだけで出かけていたが、今年は異常気象で早く散りそうだというので、予定を繰り上げて物見遊山《ものみゆさん》に出かけたのだ。

智子と春樹の二人だけで最後の昼ご飯を食べ終わり、

「ごちそうさまでした。本当に永いことお世話になって。ここのご飯のこと、ずっと忘れません」

春樹がそう言うと、

「ちょっと待ってて」

と、智子は隣の部屋から四角い箱を持ってきた。

「あんまりうまくできなかったんだけど」

差し出された赤い箱を開けると、刺繍が施された春樹の顔が現れた。いつまで経っても出来上がらなかったのは、これを刺していたからだった。絵心があるのだろうか、人の顔などどうやって刺せたのか、春樹は驚きと感謝でいっぱいになった。

「実は僕も。黙って置いていこうと思ったんだけど」

二人で階段を上がり、机の上に一つだけ残っていた白い包みを広げた。

「この前とあんまり似ていたんで、買ってしまいました」

照れながら手渡された額縁には、海と大きな月、海面に光る涙のようなうねりが描かれていた。その絵は、悲しいはずのあの夜がそうではなかったことを意味していた。

「私、私……」

言い淀む智子の唇を、春樹は優しくふさいだ。そのまま二人は結ばれた。その時宿ったのが川中である。のちに良樹と名付けられた。

「そういえば、おふくろの部屋にはいつも夜の海の絵が掛かってたなあ」

川中は玄関横の狭い母の部屋を思い出していた。そして、自分用の二階の部屋が、かつて父親が寝起きしていた部屋であることに思い至った。


春樹は実家の開業医を継ぎ結婚もしたが、子供には恵まれず、遠縁から養子をもらって後継者とした。後継者はたくましく成長し、地元の名士などとも上手に付き合って経営基盤を広げた。もともと体の弱かった妻が癌で先立ったのを機に、春樹は病院を離れ、海の見える高台に画廊を開いた。

海の絵ばかりを集めた画廊の一室で、東京を離れてから初めて、駒場の下宿屋に年賀状を書いた。

「届いても届かなくてもいい。どういうことはない」

第六章

たえは年相応に、年々衰えていった。下宿屋を智子に任せ、父親のいない孫の相手を楽しんでいたが、良樹の高校卒業を待たずに世を去った。たえの三回忌を終えた後、智子は一人で手芸教室を開いた。好きな刺繍の腕前を活かし、大学のサークルや趣味講座の講師を引き受ければ、そこそこに生活のめどが立ったからである。それに、社会が豊かになった昨今では、学生であってもアパート形式の個室を希望するようになり、下宿屋の経営は厳しくなっていたのだ。

たえの七回忌はとっくに過ぎたのに、教室を運営することに時間をとられ何もできずにいた智子のもとに、懐かしい人の年賀状が舞い込んだ。すぐに返事をしたため、あわせて七回忌の案内をした。

「桜も咲く頃です、ぜひ、お運びください」

と結んだ。

智子も春樹も五十の坂を超えたばかりである。それなのに、もう人生を終えたような奇妙な充足感は、年齢とは不相応な枯山水に似た閑《しず》けさをかもし出す。二人に流れたそれぞれの長い時間が静かに融合した。二人とも為すべきことは、為してきたのだ。

七回忌の仏壇に手を合わそうとして、春樹はハッとした。見覚えのある婦人たちにはさまれて自分とそっくりの男の子が笑っている。写真を手にとり、智子の方を振り返る。智子は黙ってうなずいた。男の子は成長して今は絵画教室の塾長をしているという。そんなことなら、海辺ではなくここで画廊を開けばよかった、それだけが悔やまれた。

いくら第一線から身を引いたといっても、代々続く開業医を任されてきたのだ。世の中の仕組みとやらには痛いほど苦しめられた。春樹は、画廊が自分の息子・良樹にわたるように書類を整備した。本来ならば正当な相続人だが、それを広めるのは本意ではない。ただ、親子が生きていけるだけのものを残してやりたかった。

人間、何事も完遂してしまえば命の糸も切れてしまうものだろうか。出来上がった書類が東京に届いてひと月も経たぬ間に、春樹の死亡の知らせが届いた。添えられた一筆箋には、生前にしたためたであろう春樹自身の文字で、「海辺の町に移ってくるように」との言葉があった。

長い手紙はここで終わっていた。

驚天動地。コーヒーはすっかり冷めてしまっていた。

「ばあちゃんの七回忌かあ、声かからなかったなあ」

急に母の言葉が思い出された。

「おばあちゃんのことは、もう気にしなくていいよ。お母さんが弔っていくから」

たえの三回忌の後、智子はそう言ってアルバイトに忙しくしていた川中を追いたてたのだった。

気弱そうで、そのくせ頑固な母の顔を思い浮かべた。どうしろとも、どうしたいとも書いては寄こさない。が、父のことを、父の遺志を伝えてきたということは……。母の思いは確かめるまでもない。

川中は心を決めた。やりたいことは、やった。美大に入って、天才の狂人ぶりも、自分が彼らの足元にも及ばないことも知った。せいぜい教室の塾長どまりだ。

「やりたいことは、やった」

川中は声に出して言ってみた。母と海辺で画廊の番でもするか。画廊の一角に手芸教室のスペースを設けて、毎日オフクロの味に舌鼓を打つのも悪くはない。ただ、気がかりなのは、ここの契約だった。川中名義を麻子一人に変えることは難しくないが、麻子は倍の家賃を支払っていけるだろうか。

冷めたコーヒーを一気に飲み干すと、バタバタと階段を駆け下り、大家の老夫婦を訪ねた。

第七章

暮れが迫っていた。また一年が終わろうとしている。同居している川中は年が明ければ卒業のはずだ。夜遅くまでアトリエ代わりの絵画教室にこもっている同居人に、麻子は心をくだくこともなかった。もともと互いに干渉しないということで同居を始めたのだから。

だが、昨日、声を掛けられた。

「今度のクリスマスイヴ、僕に時間くれませんか。ちょっと話があるんです」

初めての申し出に驚きながら、誰とも約束のない麻子は、

「じゃあ、ワインでも買っておきましょうか」

と答えた。その声が驚くほど弾んでいたことに、麻子自身は気が付かなかった。

すれ違いが多く、またその意思もなかった二人は、いっしょに食卓を囲むことなど一度もなかった。麻子はワインを、川中はブルーチーズを持ち寄って向き合った。

「実は僕、卒業したら東京を離れるんです。山形の海辺の町で画廊のミセバン」

少しおどけながら、川中は麻子に伝えるべき大事なことを淡々と説明した。

麻子は今まで通りここにいられること。

賃貸の契約は川中名義のままだが、変えたかったら変えてもいいし、もちろん、二部屋とも使っていいこと。

老夫婦には家賃として現金で百万円ほど預けてあるので、当分は支払わなくていいこと、そして最後に、念のためにと引っ越し先の住所を教えた。

「大丈夫？　分かった？」

とっさには何を言われているのか理解ができなかった麻子は、川中に促されて、目を丸くしたまま急いで首を縦に振った。

「じゃあ」

こともなげに立ち去る川中を見送るだけで、しばらくは呆然としていた。

「いつも、突然なんだから」

テーブルの上に残された住所に目を落とす。そこには〝山形県酒田市光が丘　川中画廊〟と書かれてあった。

一月の声を聞くや、川中は学年末を待たずに東京を去った。東北はまだ雪の中だろうに、何を急いでいたのだろう。今は小さい診療所で受付を手伝っている麻子は、勤務中のことだったし、別れを告げることもできなかったが、帰宅すると台所のテーブルに一枚のメモが残されていた。

「ベランダの鉢植え、よろしくお願いします」

川中はその古伊万里の盆栽鉢の植物をとても大事にしていた。どこにでも生えている雑草のようだったが、春とともに芽を出し小さな花を咲かせ、秋には葉を赤らめてそっと枯れる。麻子は名も知らぬ植物の鉢をベランダまで見に行った。今は硬い土だけが残っている。

「春には芽を出してくれるかしら」

少し心許なかったが、その日から鉢植えを見守ることが日課になった。

三月になり桜が咲き、やがて満開になって散り始めても、鉢植えに緑は宿らなかった。

なぜなんだろうとベランダを眺めながら、麻子は二年前のつらい記憶を手繰っていた。

「あの時も、芽、出せなかった」

第八章

　喫茶店「フランス」を辞めてタイプライターに熱心だった頃、新宿でのレッスンからの帰りに吉祥寺まで足を延ばして井の頭公園に行ったことがあった。萌え出る若芽が美しく、園内の池はボートを漕ぐ人たちであふれていた。水は心を和ませる。ボートに乗りたかったが、漕げないし泳げない。端《はな》から無理だと諦めていた麻子は、池の水面をただ眺めることしかできなかった。と、見覚えのある顔が、子連れの婦人と楽しそうに歩いているではないか。三歳ぐらいであろうか、麦わら帽子をかぶったおさげ髪が、二人の手にぶら下がりながらキャッキャッと笑っていた。向こうも麻子を見つけたのか、軽く会釈したような気がした。麻子も会釈を返したが、その日のことはそれっきり忘れていた。

　次の週の同じ日、麻子はやっぱり井の頭公園のボート池を見に行った。

「ボート、乗りませんか」

　後ろからの声に振り向くと、先週見かけたあの人だった。思い出した、いつも「フランス」にケーキを届けていたあの人だ。

その人は「白十字」から、毎朝十時前にケーキを届けてくれていた。受け取りの伝票にサインをする時、決まって、

「愛してるよ」

と小さくささやくくせがあった。気障だったが慣れればただの挨拶に聞こえる。そのうち集団就職で上京した後、洋菓子店で修業を重ね、そこで結婚相手に恵まれたらしいことが伝わってきた。無類のケーキ好きだった麻子は徐々に会話をするようになり、ある時、

「ケーキにいつも囲まれているなんて、好きなだけ食べられるでしょう。うらやましい限りですう」

口をとがらせてそう言うと、

「四六時中だと、クリームの甘い匂いに耐えられない時があるよ。自分じゃあ、たまにパイをつまむくらいだね」

へえ、そんなものかと思っていると、あくる日、リーフパイを一枚持ってきてくれた。ケーキの中でも洋酒漬けのサバランが大好きだった麻子は、リーフパイなるものを初めて間近に見た。もちろん食べるのも初めてだった。口当たりは軽いのにバターの風味が濃厚で、すぐにちょっとしたファンになった。

その〝リーフパイの君《きみ》〟が、ボートを池に漕ぎ出してくれると言う。恐縮しながら誘われるままに船に乗った。ちょっと怖かったが、池の上からの公園の眺めは想像をはるかに超えていた。ボート乗り場を数メートル離れただけなのに、しがらみから解放された気分になり、園内を歩く老若男女が遠い星の住人に見える。それでいて、若葉の香りは池の上にも届いて、初夏の風が麻子のほほを撫でた。夢見心地の小一時間を過ごした後、リーフパイの君《きみ》は別れ際に軽く手を挙げて、またあの一言をささやいた。

「愛してるよ」

約束などしていなかったのに、次の週も、その次の週も二人は公園で出会うようになった。ケーキ職人の策略にはめられたのかも知れない、と後になって麻子は思ったが、店をやめ、生活のために近くの診療所の受付を手伝う毎日は、英文タイプの音だけでは到底埋められるものではない。男の腕の中に落ちてゆくのは時間の問題であった。妻も子もあり、「家庭を壊すつもりはない」と宣言されても、すべて承知で肌を重ねた。

逢瀬を重ねるたびに、タイプライターの音が小さくなっていった。

「愛してるよ」の言葉は何度もささやかれていた。麻子にも単なる挨拶以上に聞こえるようになり、彼は彼なりに麻子を大事にはしているのだと感じるようになった。だが、世間的には明らかに〝じつのないおとこ〟である。やがて二人はボートからは遠ざかり、ホテルを探すようになっていった。

その日はいつまでも雨が止まず、ホテルの部屋の明かりがやけにまぶしく感じられた。帰り支度を済ませ、ぼんやりと窓を打つ雨音を聞いていると、男は上着のポケットから時計を取り出し、おもむろに麻子の腕にはめた。

「レディはね、いいもの持たなくちゃいけないんだよ」

上質なものだけが持つ重みと、ロレックスのいぶし銀の上品な輝きを麻子は黙って受け入れた。

「ああ、これでは、子供の頃に父の事務所に来ていた女たちと変わらない。それだけにはなりたくなかったのに」

ひそかにそっと笑いながら、それを吹っ切るように明るく話しかけた。まるで世間話をするように。

「二人目はまだなの？」

あのおさげの女の子に、そろそろ妹か弟がいても良さそうなのにと、世間一般の常識をよそおって尋ねた。

「今、お腹にいる」

「そう、それは楽しみね」

だから〝じつのないおとこ〟だと言うのだ。ことの最中に、うっかり妻の名を呼んだりする程度の、妻に二人目を身ごもらせ、それをはばかりもなく告げる程度の男。極めつけは、行き先がホテルと相場が決まってからは、麻子の大好きな「白十字」のサバランを二個持ってくることだった。部屋の冷蔵庫に入れておいて、二人で食べることもなく、麻子に小さい箱を持って帰らせるのだ。多分、それが男に思いつく精いっぱいの思いやりだったのだろう。

麻子は持ち帰った小さい箱を共用の冷蔵庫に入れ、川中に一つだけ食べてもらうようにした。無論、それぞれが好きな時に冷蔵庫から取り出して食べるのだったが、残っていたことは一度もない。


コートなしでは寒すぎる季節になった頃、診療所に一本の電話があった。落ち着いた女の人の声で〝じつのないおとこ〟の姓を名乗った。麻子にはすぐに分かった。呼び出されるままに井の頭公園に向かった。こんなところで借りを作りたくはない、約束の時間より三十分以上も早くお茶屋に入った。時間通りに、半年ほど前に見た妙齢の婦人が現れた。

お腹はそろそろ臨月のようだ。妊婦特有のこけた頬が、婦人をさらに美しくしている。席に座ると開口一番に婦人は言った。

「それ、返してください。私のですから」

何を言っているのかすぐに理解した麻子は、左手にはめてあったロレックスを夫人に渡した。何も飲まずに夫人は去った。麻子には夫人の気持ちがよく理解できる。それが高価なものでなくても同じことをしたに違いない。とっくの昔に泡が消え去った苦い深緑の液体をのどに流し込んで、出口に向かった。今にも壊れそうな薄いガラスが、カタカタと音を立てた。

それっきり男からの連絡はなかった。「すべてお見通し」と言わんばかりの妻と、二人目の子供に恵まれた夫。当然、麻子の居場所はない。


困ったことはその後に起きた。もうその年も終わろうという頃になって、麻子は体の異変に気が付いた。命が宿っていたのだ。産めない命だった。迷わなかった。年末年始の休みを利用すれば、誰にも気付かれずに済む。ひなびた町外れの産院で始末した。

麻子にとってつらかったのは、病室が汚れていたことでも、痛みが長く続いたことでもなかった。医師とはいえ見知らぬ男に下半身を委ねることは屈辱には違いなかったし、初めてのことで怖くもあった。が、最も傷ついたのは、年端もいかぬ看護婦が吐いた心ないひと言だった。

「何、この汚い下着！」

そう言って笑ったのだ。麻酔のために意識が朦朧とする中で、体の痛みもまだ感知できないのに、その笑い声だけははっきりと聞こえてきた。「汚い」とは下着ではなく、麻子自身に投げられた言葉であろう。看護婦たちは物を放り投げるように、堕胎後の体を畳の上に置いていった。「勝手に帰っていい」と言われていた麻子は、次に目覚めるとそそくさと産院から立ち去り、痛む体を引きずりながら、竹垣の枝折戸を開けた。

その日からずっと寝ているだけの毎日が続いた。起きる気力も体力もない。誰にも何も言ってはいなかったが、こんな状況にあっても、麻子は自分のことをみじめだとは思わなかった。〝汚い〟とののしられても、もともと〝ひと未満〟だったのだとすぐに居直った。

ところが、三日目の夕方のことである。トイレに行こうとドアを開けた時、部屋の前に小さい土鍋を見つけた。「え？」っと思わず声になった。激しい動揺が麻子を襲う。カップも茶碗も使った形跡がないのを目ざとく見つけて、川中が作ってくれたにちがいない。深い戸惑いをかき消すように、麻子はそれを胃に流し込んだ。

芽を出せなかった幼子のことをどれだけ知っていたのか、毎週のように持って帰ったサパランを、どんな気持ちで食べてくれていたのか。やがて松の内が過ぎ、麻子が床を上げた朝、台所の小さいテーブルの上にはワインとブルーチーズが並んでいた。恥ずかしそうに微笑んだ川中が、まるでそこにいるようだった。

白地に青い文様が描かれた形の良い磁器の中の、硬く乾いた土を指で押す。もう指に土がついてくることさえなくなってしまった鉢植え。緑を育てられなくて、軽くなった鉢植え。それが置かれたベランダが、なんと広く感じられることか。

ベランダに布団を出す時、隣の小さい鉢植えをいつも眺めた。その小さい生き物は、なぜか麻子を幸せな気分に誘い込んだ。開け放すとベランダ越しに見渡せた高い空までが、今は、永遠に戻ってこない遠い時間に感じられる。

いつも川中がいた。川中がいなくなって、麻子は初めて同居人の存在の大きさを知った。川中は川中の道を選び、麻子には麻子の道を生きていけと、麻子の住処を保障して去っていった。人の心の内をはからず、自己の意向を押し付けず、ただ静かにそばで見ている。

幸福感がゆっくりとわき上がってきた。その温かい海の中では、たくさんの、たくさんの手が海の底から差し伸べられ、麻子をゆるやかに包んでくれる。「あなたを忘れない、いつでもあなたを見守っている」そう告げているようだ。麻子はそのうねりの中にずっと浸っていたいと思った。

「もう、十分だ」

何度も逃げてきた。居場所を見つけられなくて、死にたいと思ったことが何度もあった。けれども根は負けず嫌いである。負けたままでは、惨めなままでは死ねないのだ。父、治平のＤＮＡを引き継いでいた。死のうかと思う選択肢が残っている限り、まだ生きる余地が残されているはず。そう思って生き延びてきた。

でも、もう十分。人生のすべてを経験した。していないのは子供を育て上げることぐらいだ。だが、殺すことはできたのだし……男に捨てられたままでは死にきれなかったけれど、自分を思ってくれる人がいると信じられれば、この世に未練はない。大好きな西行の歌を思い浮かべた。

願はくは花の下にて春死なむ
　その如月の望月のころ

麻子は決行した。

普段から最低限の荷物しか持ち歩かない麻子だったが、それでも数年分の残骸は思いのほか多かった。目立たぬように何日かに分けて処分した。もう手元にはバッグが一つ残るだけとなった時、「しばらく里に帰るので」と言って大家の老夫婦に実家の連絡先を教えた。

実家の父には長い長い手紙を書いた。

「男の子なら良かったのに」と何度も言われ嘱望されたのに親の望まぬ進路をとり、それも途中で放り出した。法学部を出て父の法律事務所を足掛かりに弁護士になること、それが治平の望みであることを百も承知で、しかもそれを口に出さないのをいいことに、父親の気持ちを踏みにじってきた。

身持ちの定まらない娘の評判が政界に身を置く父の足を引っ張っていることも知っている。麻子は今までにしでかした愚かな行状に押しつぶされそうになった。

幼い頃、麻子は母とも父とも離れて祖母と一緒に寝ていた。最初の孫として生まれた麻子を祖母は溺愛した。どこに行くにも麻子を連れて歩いた。誰も知らぬ祖母との記憶がいくつもあるのに、祖母が病の床に就いたと聞いても実家に顔を出すこともせず、亡くなったと聞いても涙一つこぼさなかった。それには誰より麻子自身が驚いた。自己の生存が担保されない時、人はこんなにも冷酷になれる。さすがに葬儀には実家に戻ったが、母が準備してくれた黒い衣服を着るでもなく、首周りをキュッと締めたベルベットのマキシドレスを身に着けていた。

「これが正装だから」

と、西洋かぶれの似非《えせ》知識をひけらかし、父に恥をかかせた。

「音大を卒業したらピアノが一つ余分になるから」と、譲渡を約束していた親戚にも不義理をしたようだ。父に無断で音大生に譲ってしまったあのピアノには行く先があったのだ。

独立独歩が聞いてあきれる。周りが見えてないだけじゃないか！

自動車学校の時もそうだった。十八歳になって、免許を取るならとお金を工面してくれたのに、麻子は経済的に恵まれなかった同級生に、それをそっくり差し出してしまった。

数え上げればきりがない。

生き続けていればさらに哀しい思いをさせ、不義理を重ねるだけのこと。できるなら父と母と、自分を知るすべての人の心の中に忍び込んで、自分に関する記憶をすべて消し去りたい。だがそれは叶わぬことだった。

「許さなくていいから」

麻子は、最後にその言葉を書き添えて封をした。だが、この決行こそが最大の親不孝であることを、その時の麻子は知る由もない。

「さあ、最後の仕上げといくか」

青梅街道沿いの公衆電話に十円玉を山のように積んでダイヤルを回した。住所と名前が分かれば電話局は番号を教えてくれる。川中画廊はちゃんと存在していた。ほかの人が出てくる可能性もあったが迷わなかった。今生最後の声を聞いておきたい。電話機の中で硬貨の落ちる音がした。

「はい、川中です。もしもし……」

川中はそこにいた。麻子は受話器を握りしめ、ツーという電話の切れる音がするまで無言のまま立っていた。

弱い街灯がポツンポツンと並ぶ薄暗い道を、麻子は笑みを浮かべながら歩いた。アパートの二階に戻って、ワインとブルーチーズを並べ、買っておいた睡眠薬を横に置く。部屋の明かりは点けておこう。里に帰っているはずの部屋が明るければ、不審に思った大家が訪ねてくるに違いないから。あとはガス管を口にくわえるだけだ。

二日後、治平の元に東京から電話が入った。届いた手紙をちょうど読み終えた時だった。声の主は麻子が借りている部屋の大家だと名乗った。「貸している部屋で事故があって娘

さんは病院にいる」という。気の毒そうな大家の声に、治平はただただ頭を下げながら、

「はい、はい、申し訳ありません」

と謝るしかなかった。

すぐに汽車に乗ってもどうせ着くのは明日になる。今日一日をどうしよう。迷った挙句、治平は所沢に住む戦友の力を借りることにした。血縁関係はないが、同じ釜の飯を食ったその戦友を、治平は信頼しきっていた。まずは運ばれた病院を訪ねてもらおう。


海の中かなあ、ボートに揺られているのかなあ、ふわふわした曖昧な感覚が気持ち良くて、いやいや、泳げないんだから不安定で怖いはずだが……。体の底の方からゆっくりと意識が目覚め、ひとりでに瞼が開いた。ベッドの上か？　真っ白な天井をぼんやり見つめた後、静かに視線を横に動かすと、壁にもたれながら座っていた男性の顔が近づいてきた。

「気が付いた？　明日、お父さん来るからね」

男性が諭すように、ゆっくりと言葉を続ける。

「大家さんがね、救急車で運んでくれたんだよ」

だんだんと事情がのみ込めてきた。

「失敗したんだ。あれがいけなかったのか。この人は……」

麻子はこの人を知っていた。まだ高校生の頃だった。いつもは学校にばかりいたが、さすがに盆の間だけは家にいた。その一週間ぐらいの間に、白山登山のために実家に泊まっていた人だ。父は登山口まで車で送ったり、県内の観光名所などをまめに案内していた。単なる戦友というだけではない、特別の絆があったようだ。

予備校の寮を出た後の住まいを大学近くに探してくれたのも、その新しい住まいを見るために父と二人で上京した時、自宅である公営住宅の一部屋を宿として提供してくれたのも、この人だった。

不動産屋を一軒一軒回って見つけてくれた閑静な町外れの下宿屋を、たった三カ月で飛び出して音大の寮に移ってしまった娘のことを、父はどんな顔で謝り、この人はどんな顔で受け止めたのだろう。それなのに、それでも足りずに、今度はこんなところまで引っ張り出してしまったのか……。

不思議だった。申し訳ない気持ちでいっぱいなのに、なぜだか麻子は彼に向かって延々と話し始めたのだ。おそらく、ここに至るまでのことを話したに違いないのだが、麻子には全く記憶がなかった。ずっと話し続けたのか、目覚めた時だけ話し出したのか、それさえ分からなかった。

身勝手な小娘の言い分を黙って受け止めた後、彼は静かに言った。

「もうこんなこと、しないでいいよね」

麻子は答えられなかった。失敗したことを知った時〝次はうまくやる〟と真っ先に思ったからである。あの時、ガス管を胸元に持ってきたのがいけなかったのだ。初めは口にくわえるつもりだったのに、何かが阻んだ。それは、本当のところは死にたくないということだったのか？　誰かに見つけてほしかったのか？　不毛な問いがわき上がる。

次に麻子が目覚めた時、横にはもう誰もいなかった。真夜中のようだ。ベッドを降り、トイレの鏡で初めて自分の顔を見た。蛍光灯に照らされた血の気のない顔の、うつろな目がこちらを見ている。肩のあたりに茶褐色の塊が付いていた。お気に入りのストライプのセーターに吐しゃ物がかかったようだ。麻子はそれを見て、計画が確かに実行されたことを、あらためて認識した。

翌朝、検温にやってきた看護婦に礼を言おうとして気が付いた。声が全く出ない。昨日、よほどしゃべったと見える。声帯を傷めるまでしゃべったのかと、あさましい自分を恥じた。消え入りたかった。

夜行に乗ったのであろう、朝食の頃になって治平は妻のキミを伴って病室に顔を出した。いつものように、キミは何も言わず、病室の入り口近くに立っているだけである。一席しか取れなかった夜行列車ではキミを席に座らせ、自分は新聞紙を床に敷いて夜を過ごしたと、軍隊育ちの自分は強いのだと言わんばかりに、治平は間断なくしゃべっている。

麻子は疲れているふりをして目も開けなかった。声が出ないことさえ伝えるつもりはなかった。しばらくして治平は部屋を出ていった。警察や消防署や、そして世話になった戦友に連絡を取っているのであろう。一人残されたキミは、無言のままベッドの横に座った。手に握られていたハンカチは、ぐしゃぐしゃになっていた。

治平夫婦は麻子に付き添うべく、その日は病院で夜を越すことにした。治平は汽車で使った新聞を再び床に広げ、「自分はいいからキミは麻子のベッドに上がれ」という。狭いベッドの上でキミの腕が麻子に触れた時、なんということだろう、麻子は嫌悪感を抑えられなかった。母と並んで横になったことなど一度もなかったからではない。いつも言いなりになっているだけの母親を、ひそかに軽蔑していたのだった。

居心地の悪さにじっと耐えている麻子を、背中を向けていてもキミは感じ取っていた。いたたまれず、治平が眠りに落ちるのを待ってベッドを降りた。

麻子の病状が急変したのは、その夜のことである。キミの叫び声に治平は起こされた。外傷もなく脱水症状も起こしていないのが災いしたのか、本来なら、用心のため酸素マスクと点滴を行ったであろうに、胃を洗浄したほかは麻子には特別な処置が何もなされていなかった。両親が付き添っていたことが油断を招いたのかも知れない。頭だけをベッドに預けていたキミは、明け方になって麻子の異変に気付いた。獣のような野太い声で叫ぶと、キミは金縛りにあったように動けなくなった。

治平とキミの間には男の子がいた。麻子のすぐ後に授かったのだが、生後二カ月で天に召された。北陸では暖を取るために、どこの家もそうだったが、布団の中にコタツを忍ばせた。熱源は豆炭である。母と子と抱き合って夜を過ごしたが、嫁の朝は早い。キミは幼子を布団でしっかりと包んで、そっと寝床から抜け出した。

雪に埋もれた農家では、朝の食事が終わると家族総出で縄を綯《な》い、むしろを織る。わら仕事を始める前にお乳を飲ませようと幼子を抱き上げた時、小さい体は既に冷たくなっていた。

「冷たい、冷たいよう」

まだ眠っている治平を、キミが揺り起こす。一酸化炭素中毒だった。

「また、同じことが……」

必死に麻子の名を呼ぶ治平の声にようやく我に返ったキミは、壁にこぶしを打ち付けながらむせび泣いた。

治平とキミが病院の指示に従ってもろもろの手続きを終え、白布に包まれた四角い箱と共に東京を発ったのは、数日後のことである。

第九章

麻子の死は川中のもとにも告げられた。預かっている現金のこともあって、大家が連絡したのだ。

「それはご迷惑をおかけしました。後始末もしたいので、しばらくそのままにしておいてくださいませんか」

川中はとるものもとりあえず、その日のうちに東京に駆け付けた。老夫婦から事故の説明を聞いた後で、懐かしい二階の部屋を開けてもらった。母が余計な気を回さぬようにと、卒業手形を手にして慌ただしく引き上げて以来である。

部屋の後始末云々は口実だった。川中は、麻子の最後の居場所を見届けておきたかったのである。来てよかったと思った。川中が暮らした部屋のベランダに、ポツンと植木鉢だけが残されていた。麻子に託した古伊万里である。初めてこの部屋を見に来た帰りに、川べりの古道具屋で見つけたものだった。染付けの青い色が、麻子の瞳に似ているような感じがしたのだ。なぜだろう、日本人の瞳がコバルト色であるわけはないのに、衝動的に手が伸びた。不思議だった。

もう一つ、不思議なことがあった。国立の駅前で不動産屋をのぞいていた夕暮れ時のことである。耳元で流暢な東京弁が聞こえた。振り返ると、学生だろうか、二十歳そこそこの女性が窓に貼られた部屋の見取り図を見ている。この人も部屋を探しているのだろうか。それにしても、こんな若い人が口にする言葉ではなかった。だが、川中が驚いたのはそのことではない。完璧な、上品な東京弁なのに、どこかに田舎のにおいがしたからであった。しかも、それが何とも懐かしい。なぜだろう。自分は東京生まれの東京育ちだ。田舎に反応するはずはないのだが……。気が付くと初対面の女性を誘っていた。

まるで昨日のことのようだった。預けた古伊万里を麻子は気にしてくれたろうか。

「やっぱり」

予想通り、その鉢の中に植物はなく、硬くなった土が残っているだけであった。

「いっしょに帰ろう、東北は寒いぞ～」

残された古伊万里をいとおしそうに抱きかかえ、二度と訪れることのないアパートの階段を下りた。

老夫婦には丁重に礼を言い、ほとんど手つかずのお金は「そのままお納め願いたい」と付け加えて東京を後にした。

海辺の町の川中画廊のドアを開け、土の表面を指で押さえながら、古伊万里の置き場所を探した。

「今からでも芽、出るかなあ。それにしても、これは硬い」

川中は諦めることにして、せめて鉢を綺麗にしてやろうと硬い土を取り出し始めた。その時である。何かが指先に触れた。ビニールに覆われた名刺大の包みだった。おもむろに中身を取り出すと、本物の桜の花びらが数枚貼られている鈍色のカードと、四つにたたまれた一筆箋。そこには見覚えのある字が並んでいた。サバランが冷蔵庫にあることを知らせていた字である。

『あまりものですが、どうぞ』

そう書かれたサバランを夜中近くに帰ってくる川中は、ほっと一息つくコーヒーのお供として重宝していた。が、さすがに毎週のように続くと、またかと思う日がなかったとは言えない。が、いつ頃だったか、しばらく途切れていることに気が付いた。麻子の様子も何か違って感じられる。シャワーも、食器もいっこうに使われた形跡がない。

何も言ってこない女にこちらから問いただすような無粋は、川中の最も嫌うところである。ひと思案。小さい土鍋でおかゆを炊き、梅干しを添えて麻子の部屋の前に置いた。小さいが深いその土鍋は、ふたの部分がそのまま茶碗として使えて、体調の悪い時などにずいぶんと活躍してくれていた。教室が終わって、走るように帰ってきた川中は、からになった土鍋を見つけて、次の日も、その次の日も、おかゆを炊いてから教室に通うようにした。

互いに私生活には干渉しないのが暗黙のルールだったが、松の内が終わる頃、かの小さい土鍋が洗いかごに伏せられているのを見た次の朝、川中はワインとブルーチーズを台所のテーブルに置いた。

麻子が正確にはいつ死んだのか、川中は知らなかった。知りたいとも思わなかった。

東北の春は遅い。今、桜は満開である。宛名も差出人も書かれていないこのカードを手にしたこの日を、麻子の命日としようと川中は思った。

第十章

『短い間でしたが、かけがえのないものいただきました。
ありがとう。
益々のご精進を願ってやみません』

願はくは花の下にて春死なむ
　その如月の望月のころ

画廊に置かれた古伊万里は、四つにたたまれた桜色の一筆箋に書かれた麻子のメッセージと、カードの裏に書かれた短歌だけを抱いて、毎年、棚の上で満開の桜を待っている。

麻子が逝って十三年目の春、一週間ほど前のことだった。父の代からのなじみの客から、今年は北陸に足を延ばしたいので下見に付き合ってくれないか、と打診があった。北陸と聞いて川中は返事を渋った。北陸ならば、足を運ばねばならぬところがある。決心するにはまだ時間が足りなかった。だが、いつまでも延ばせるものではないことはよく分かっていた。腹を決めた。

同行するなじみの客には不審がられたが、「所用があるので一日だけ自由行動をさせてほしい」と申し入れた。先に駅留めで送っておいた畳一枚ほどもある荷物を抱え、大家に教えてもらった麻子の故郷を訪ねた。

一面に広がる蒼い穂草に囲まれた小さな村に、一本だけ堂々としたケヤキが天を突いている。その下が麻子の生家のようだ。

掃き清められた木陰の小道を通って、初めての家のドアをたたいた。

玄関に現れた老婦人は、麻子に似て瞳が少し青みがかって見える。

「あのう、ご主人は」

「だいぶ前に亡くなりました、どちら様？」

川中は恐縮しながら名刺を出し、麻子の若い頃の友人だったと名乗った。その一言で老婦人は川中が訪ねてきた理由を理解したようだった。

「娘を送った後、夫は体調を崩すようになりました。もともと体が弱く、入退院が絶えなかった人でしたが、頑固で意地っ張りな夫は、名士とまではいきませんでしたが、そこそこの人生を全うしたように思います。やるべきことはやり尽くして……」

そこまで言ってキミは言葉を詰まらせた。夫の人生に思いを馳せ、胸が痛んだからである。

治平は農家の長男のくせに野良仕事もせず、おかげでキミは人の二倍も三倍も働いてきた。家督を継げと宣告した治平の母は早くに亡くなり、残された耳の不自由な舅と二人きりで田んぼに入る時などは、本当にみじめで恨めしく思うこともあった。だが、キミは知っている。治平は手こそ貸さなかったが、いつでも農業のことを考えていた。

治平は磯部村のすべての地勢を頭に入れていた。どこを改造し、どこから水を引くか。自ら測量し、自ら図面を引いた。開け放した広い座敷いっぱいに図面を広げ、たくさんの小皿に色水を入れ、図面に色を付けていった。どこが川で、どこが道で、新しい区画はどう変わっていくのか。

それを引っ提げて、役所と二人三脚で貧相な平地を豊かな米どころに変えていった。だが人の思いはさまざま、もろ手を挙げて万歳とはいかない。村民の悲願を一身に引き受けて邁進した治平の一途さを横暴だと感じた人たちによって、罪人とされ、収監された。その時の治平の無念さを、村八分にされた過酷さを、キミは忘れることができなかった。

「今頃になっても、図面はあるかと尋ねてくる人がいるほどであるのに……」

そんな事情を訪問者に話すことはせず、ただ走馬灯のように蘇る記憶を無理やり振り払い、言葉を続けた。

「東京から戻っていろんなことが片付くと、急に気弱になりまして、私を置いて先に逝ってしまいました」

「そうでしたか。実は娘さんの絵を持ってきたんです。収めていただけませんか。

麻子さんとはしばらく同じところで部屋を借りていました。私はその頃、絵画教室の塾長をしていまして、絵のモデルを頼んだことがあるんです。週に一度でしたが快く引き受けてくれました。教室ではもっぱらデッサンのモデルでしたが、私はどうしてもこの絵が描きたくなって、内緒で描いていたんです。だから、誰も、麻子さんも、この絵のことは知りません。

故郷を離れて遠いところで亡くなったのですから、せめてご両親のところにお届けしなければと、ずっと思っていたのです。

やっと来ることができました」

案じていたよりずっと落ち着いた心持ちで、麻子を手放すことができたと川中は思った。

この老婦人と麻子はどんな親子だったのだろう。どんな時も一人きりで生きようとしていた麻子を思うと、この二人がありきたりの関係だったとは思えない。この母はこの娘を受け入れられるだろうか。ここを訪れる前から川中が抱いていた不安は、静かに言葉を紡ぐ老婦人の声を聞くうちに、ゆっくりと溶けていった。

別れを告げて玄関を出ようとした時、大木がシャラシャラと音を立てた。思わず顔を上げ、

「さらばだ、ゆっくり休め」

川中はそうつぶやいた。

低い声で淡々と語る四十男が置いていった大きな荷物の紐を解くと、麻子の等身大が現れた。油絵のようだった。額縁の裏には『少女A・唯我独尊　1971』の走り書きがあった。

キミはその大きな油絵を玄関に掛けることに決めた。この家の正統な後継者だもの。治平の事務所も閉め、今、細々と米と野菜を作るだけのキミは、玄関に掛けられた絵の前で手を合わすのが日課となった。

治平は娘を大事にしすぎるあまり、キミにはいっさいの手出し・口出しを禁じた。キミはいつも門外漢で、そのくせ、些末な日常だけは押し付けられていたのだった。まるで他

人のような娘が、遠くから帰ってきた。

唯我独尊か、と大きな油絵を見上げてキミは深いため息をついた。自分がこの世で一番偉い、などとうぬぼれたはずはない。釈迦のように悟ることも、哲学者のように分析することもできずに、ただ孤独であること、そして天上天下にたった一人の自分しか愛せないこと、娘はそこから逃れられなかったに違いない。

誰をも受容できない孤独な者に潜む罪と悲哀を、絵筆をとった青年は愛してしまったのだろう。

二人の間にどんなことがあったのか想像もできなかったし、したいとも思わなかった。父親に手紙だけを残し、母には黙ったままで自分を葬った娘が、いっときとはいえ、愛してくれる人に巡り合った。その事実を知っただけで十分だった。その青年がこんな田舎まで訪ねてくれたこと、麻子を届けてくれたこと。それがすべてだった。

写真嫌いの麻子は、決して被写体に収まろうとはしなかった。手元に残っているのは親族の結婚式の写真だけで、そこにはいとこたちに囲まれた小学生の麻子がいた。中学も高校も卒業アルバムがあったのに、いつの間にか東京に持ち出して、処分してしまったようだ。遺影になるようなものは何もなかった。そんな事情を知ってか知らいでか、はるか東北の海辺の町から〝少女A〟はやってきた。

エピローグ

まるで天に向かって吠えるように、枝を広げるケヤキの大木に風が渡った。薄緑の若葉が、柔らかい日の光を細かくちぎってまき散らす。やがて色をまとい、冬を越して、また新しい芽を宿すだろう。何度も何度も。

キミはゆっくりと玄関のドアを開け、〝少女Ａ〟に風を見せた。揺れる光が麻子の青い瞳に届いた。その瞳の奥に、道端にかがんで一心不乱に草花を摘む、小さい女の子の背中が見えていた。

「おかえり」

キミの口から小さく言葉が漏れた。

大川と堤防にはさまれた堤外地の一角に、家族が食べていくだけの小さな田んぼがあった。小作時代に世話を任された田んぼである。治平は人手に渡った田畑を少しずつ買い戻し、明治の頃よりも財産を増やしていた。だから不便な遠い堤外地などさっさと手放しても良かったのに、なぜか愛着があり、キミは今でも通い続けている。

縁の薄い子供だった。母親らしいことなどほとんどしてやった記憶がない。ただ、あの人川へ続く道だけは、母と子の二人っきりの時間であった。

家から数十分もかかる大川の堤外地に行く時、麻子はどこからともなく現れて、キミの後を追った。キミは重い鍬《くわ》を担ぎ、麻子はわらで編み込んだままごとのかごを持ってスタスタと歩く。話をするわけでもなく、黙々と歩くキミの後ろで、時々立ち止まっては道端の草花をのぞき込み、気に入ったのがあると、かごに摘み入れた。

みるみる遠くなっていく母の背中をあわてて追いかける小さい女の子の、オオバコをクシュッ、クシュッと踏み鳴らすせわしい足音は、なぜかキミを安堵させた。麻子と会話をしているような気分になったのである。

父親から逃れようとして、手の届かない世界をさまよっていた麻子に何も問いただせないままでいた。そしてそのまま、今生の別れを迎えた。

「これからは、ずっといっしょだ」

キミの口から、もう一度言葉がこぼれた。

少女Aの瞳を照らしていた光が、風に揺れて薄白い頬にあたった。その頬がほんのりと染まって緩んだように見えた。

「母さん、なんの話をしようか」

「海に飛び込んだ女の子、知りませんか？」

「海に飛び込んだ女の子、知りませんか？　髪が肩まであって、ちょっと綺麗な子なんですけど」

学生風の三人の男女が手当たり次第に聞いて回っている。うち二人の男は、イカの丸焼きをくわえている。

「そんなんじゃ、誰もまともにとり合ってくれないよ」

と、相変わらず能天気な二人を横目で見ながら、由起はため息をついた。もともと電車に乗って探しに行こうと言い出したのは新井《あらい》だったのに。

新井宏三《こうぞう》、ヒッピー風に長髪をなびかせ、ジーパンに雪駄履きで、のんきに焼きイカを頬張っている学生の名前である。真っ黒な大ぶちの丸眼鏡越しに、これまた真っ黒な大きな瞳がのぞくものだから、おどけた印象を与える。が、ふわふわしているように見えて、案外義理堅いのが彼の持ち味であった。

彼の親友の一人が、同じく横でイカに舌鼓を打つ八等身の仏野《ふつの》真《まこと》である。実家が印刷会社を営む名古屋生まれの彼は、卒業後は社長の御曹司として家業を継ぐことが決まっている。そのせいか何事にもせかせかせず、じっくりと事にあたるのが常で、どちらかといえばすぐに熱くなる新井とは絶妙なコンビだった。

赤茶けた髪をリーゼント風に刈り上げた細面の八等身男に、女性の噂が絶えたことはなかったが、今日捜し回っている女の子は仏野の取り巻きではない。

実は、新井と仏野には共通の友人がいた。長田高生《おさだこうせい》。戸籍上の名前は「高《たかし》」というのだが、自分を改造したくて福井に来てからは「高生《こうせい》」を名乗っている。

彼らはみなF大学の学生であった。仏野と長田は同じアパートの住人である。大学から市街地の方へ数百メートル進むだけで、そのあたりは細い道が交錯する学生アパート街となる。その中に、六畳部屋を十室そろえた木造二階建てで、玄関もトイレも共同であったが、各部屋に小さいガスコンロが付いているのがちょっとしたリッチ感を誘うアパートがあった。その一階の南端が仏野、その真上の部屋が長田である。

長田は普段、トレードマークの赤い鼻緒の桐下駄に半纏《はんてん》をひっかけていたが、肩までのウェーブした黒髪の下にはいつも真っ白なワイシャツがのぞいていた。文士然としたそのスタイルを維持するため、毎日のようにシャツを洗いアイロンをかける。その日も窓際のさおに洗濯したばかりのワイシャツをぶら下げていた。洗濯機もなく、もっぱら自分の手で洗うしかない。皺ができないように硬く絞り切らずにぶら下げるものだから、当然に階下にポタンポタンと水滴が落ちていく。

「落ちてくるよう！」

窓から顔を突き出し、仏野は上に向かって大きく声を上げた。

「あ、すまん、すまん」

長田は窓から首を出し、気持ちハンガーを横にずらした。それが二人の出会いであった。知り得てみれば、二人とも同じF大の一回生だった。長田は東京・府中市生まれで高校に通っているころから太宰治に憧れ、文学で身を立てるべく早稲田を目指すと決めていたが、高校三年の夏休み、永遠恵《とわけい》と運命的に出会い、このアパートにいる。

受験のための夏期講習は珍しくなかったが、トップクラスの音楽大学で受験生のための講習会があると聞いて、永遠恵は心が躍った。県内でも有数の総合病院の娘で、〝かわいい女の子〟とあれば、それだけで話題性があり、何をしても目立つ。音楽の才能があり、将来が期待されるともてはやされたが、恵自身は、それがどれほどのものかずっと不安に思っていた。ピアノの発表会の評判など、とてもあてにはできなかった。それでも可能な限りのレッスンを受けさせてもらい、いつしか夢を持ち、高校に入学する頃には音大に入ると決めていた。

ゆくゆくは病院を継いでもらおうと思っているが、娘自身が医者にならずともふさわしい婿を迎えればいいと考えていた両親は、何事も娘の思うようにさせ、二週間にわたる夏期講習の経費と、その間のお遊び賃も上乗せして娘を東京に送り出した。

一人で東京に行くのは初めてだった恵は、あらかじめ調べてきたとおりに山手線で池袋まで行き、西武池袋線に乗り換えて江古田で降りた。初めての街を案内図通りに進み、講習期間中の宿泊所にたどり着いた。二階建ての鉄筋直方体の建物は音大の寮で、講習会の期間は受講生のために特別空けてくれたのだった。一部屋に、二人で宿泊する。ここから毎日、音大まで通い、全国レベルの音と人に出会うことになる。

各県で優秀だと言われている生徒たちが参加しているには違いないが、ともに講習を受け、課題をこなしていくうち、恵はいやおうなしに自分の能力を突きつけられた。初見や採譜など、今まで気付きもしなかった能力を発見したこともあったが、やはり、全国区のレベルの高さを認識させられる。それでも、何事もなかったような顔をして福井に戻った。

東京から戻った後、恵は個人レッスンを親にせがんだ。ピアノのほかにもソルフェージュなど、受験に必要だが地方では触れる機会の少ないものにもチャレンジしたくて、月に何回か、謝礼を準備し、東京在住の指導者のもとをはしごする。それは雪が降り、列車の運行が危ぶまれる頃まで続いた。

満を持して受験した。

落ちた。

周りの人たちは慰めてくれたが、夏の頃から分かっていた。しょせん〝お嬢さま芸〟だということを。

踏ん切りがついたのは、夏期講習中に出かけた紀伊國屋書店でのある出会いだった。

「東京にいるうちに、紀伊國屋書店にだけは行ってみたい」

音楽で身を立てる、などと吹聴してはいるが、実は、楽譜を見ない日はあっても本を持ち忘れたことはない。恵はそういう人間だった。

夏期講習の短い期間の合間を縫って、新宿に出かけた。苦手な都会の雑踏の中を、ただ紀伊國屋書店のみを目指し、どうにか通りに面した階段を見つけることができた。階段を上がる。書店の扉が開いた。広い。向こうの壁が見通せないくらいに広い。さらに、売り場は階上にもあるようだ。文学書のコーナーを見て愕然とした。福井なら発売されていても棚に並んでいないことなど日常茶飯事なのに、ここはどうだ、同じ本が数冊並んでいる。さらに下段の引き出しにも同じ作家の本が複数並ぶ。カルチャーショックだった。呆然と書棚を見つめる恵に、声が降ってきた。

「どうかしましたか？」

「いえ」

「何か探してます？」

「あの、高橋和巳を」

「『邪宗門』？『悲の器』？　向こうに特別のコーナーもありますよ。僕も高橋には惹かれてるんです」

頭の上から降る、落ち着いた男の声をそこまで聞いて、初めて顔を上げた。少し長めの真っ黒な前髪が顔の半分を隠している。「まるで太宰だ」というのが、第一印象だった。なぜだろう、その人の醸し出す雰囲気が、会ったこともない太宰を彷彿とさせた。

「あっちの角の方ですよ」

声につられて〝似非《えせ》太宰〟の後を追う。平積みにされたピカピカの真新しい表紙に手を伸ばすと、さらに声が続いた。

「僕は別のを見てきます。また来ますから」

横に人がいたら自由に本を選べない。本は自分と作者との一騎打ちに似ている。孤独な心持ちで臨むものなのだ。彼はそれをよく知っている人のようだった。

思いつくままにフロアをウロウロし、気に入った本を数冊求めた頃、先ほどの青年が再び現れ、ほかのフロアも案内してくれた。

その後、寮に帰ろうと新宿駅に向かうと、途中で一枚のビラを渡された。まだ一緒に歩いてくれていた〝似非《えせ》太宰〟は、さっとそのビラを受け取り、じっと見つめていた。

「来月だったんだ。羽仁五郎の講演があるんだよ、聴きに行きませんか」

「ああ、その頃はもう……」

恵は答えながら、どうしてだろう、さっき会ったばかりなのに、どこか懐かしい感じがする。どこの誰とも知れない人、別れれば二度と会わない人、そう思ったら、この夏期講習で思い知らされたいろんなことを言葉に出したくなった。気楽に話せそうな気がしたのだ。恵は言った。

「今、少し時間ありますか？」


高校最後の夏休みを迎えた長田高は、受験勉強の息抜きに久々に紀伊國屋書店に出かけようと思いついた。府中といっても少し歩けば国立駅である。自宅からは中央線のこの駅を利用して新宿に行くのが常で、新宿駅の中央口からは数分で紀伊國屋書店に着く。

その日もたくさんの男女が入り口の階段近くに待ち合わせていた。待ち合わせなど他人《ひと》事《ごと》で、半ばうっとうしいと思いながら、いつものように階段を上がろうとした時、すぐ前に立つ女性に目がとまった。キョロキョロ周りを見まわして、見事な黒髪を肩の上で左右にゆらゆらと揺らしながら階段を上り、フロア内でもウロウロしている。どうも、ここは不案内のようだ。思い切って声をかけることにした。

「どうかしましたか?」

しばらくは下を向いたまま返事をしていたが、高橋和巳の作品名を口にすると、彼女は顔を上げた。「涼しい目だ」というのが第一印象だった。キリリとした真っ直ぐな目は強い意志を、それなのになぜかうつろさもあり、男を引きつけて離さない。

すぐに別れるのが残念で、後でお茶にでも誘うつもりで店内の案内を買って出たが、結局は何も言えずに新宿駅まで来てしまった。彼女はもう帰るらしい。すると、途中で一枚のビラを渡された。あの羽仁五郎の講演があるという。場所は一橋大学の兼松講堂。羽仁五郎といえば、今、最も熱い論客である。著書『都市の論理』は全共闘世代のバイブルとさえ言われていた。ご多分にもれず、長田も羽仁に傾倒する一人であった。

混沌としているのは時代ばかりではない。自身の生き様もそうであった。『太宰に憧れる早稲田一筋の青年像』は、他者からの評価というより、自分自身に言い聞かせているところがある。目の前の少女の黒い瞳に、長田は同じ匂いを嗅ぎつけた。羽仁の講演をきっかけに、大好きな国立にも連れて行けると、一カ月先の講演に誘うと、なんと、東京にいないと言う。

「やはり東京の住人ではなかったのか」

もしかして？　と思っていただけに、納得と大いなる落胆に押しつぶされた。もう、会うこともないのかと諦めかけた時、

「今、少し時間ありますか？」

少女から思いもかけない言葉を聞いた。

駅の構内にある、大した設えもない平凡な喫茶店で、長田はコーヒーを、恵はミルクティーを注文して、二人は初めて対面した。こんなことになるんだったら落ち着いた音楽喫茶もあったし、チャペル風のしゃれたケーキ屋さんも知っていたのにと少し悔やまれた長田だったが、せきを切ったように話す黒髪の少女の声に、そんな思いはすぐに吹き飛んだ。

黒髪の少女の名を知り、今東京にいる理由を知った。数日後には福井に戻ることも、生家が総合病院を経営していて、家業をつなぐためにのみ自分がいるのではないかという迷い、実は今回の夏期講習も自分自身を納得させるためであったということも知った。「うん、うん」とうなずくしかなかった。まるで僕自身だと伝えたかったが、その言葉を差し

はさむ余裕さえなかった。それほどに恵の言葉は重く、長く、詳細で、長田を圧倒した。

別れ際に、例のチラシをそっと差し出し、恵がバッグにしまうのを見届けて、山手線のホームへと恵を送った。


長田は国立の街が大好きである。遊興施設を持たない、品格のある街だと勝手に誇りに思っている。とんがり帽子の屋根を持つ落ち着いた駅舎、駅前のロータリーとその先に延びる並木道、木陰が続く歩道に面した大学、特にその中にある兼松講堂、大学を取り囲むこんもりとした林は、裏の方で国立公民館へ通じている。自宅から、毎日この駅を利用して三鷹市内の高校に通っていた。

新宿の別れから一カ月が経った。今日、この町に羽仁五郎が来る。会場となった一橋大学の入り口にはバリケードが張られていたが、講演を聴きに来る人は簡単に入れた。

羽仁は長身のせいか、少し前かがみで歩く顔の大きな御仁であった。「敗戦の日を獄中で迎えた非共産党員」という立場をとるアンチ権力の言葉の数々は、ノンポリの学生たちに大人気で、彼らよりも少し幼い長田にも共鳴するものがあった。

「太宰でいいのか？　早稲田でいいのか？」

早稲田だって学生運動の渦中にある。世の中に対してノンと言っているのだ。このまま何も考えずに受験すればいいのか？

講演を聴いて、再びわき起こる迷いに動揺しながら、バリケードとは反対側の林の方へと足が向いた。遠くに拡声器のオルグの声が聞こえてはくるが、空の高みを通り抜けるシャラシャラという風の音が、それをかき消し、静けさを運んでくる。大学や公民館の一角をぐるっと回り、あとは大好きな駅舎の前を通って帰宅しようと国立駅の方へ歩き始めた。なにげなく駅の改札口に目をやると、見事な黒髪が伝言板を見つめているではないか。長田は目を疑った。永遠恵と名乗った少女によく似ている。半信半疑で近づいた。後ろに人の気配を感じたのか、振り向いた恵と目が合った。

恵は夏以来、個人レッスンのために東京に通っていた。土曜の夜行で福井を発ち、日曜の朝から東京の先生宅を数カ所はしごする。午後遅くに東京を離れてもその日のうちには福井に着き、翌月曜には何食わぬ顔で高校に通えた。

その日は東京での二度目のレッスン日であった。予定通りに日程を消化した後、新宿の紀伊國屋書店に寄ることも考えたが、まだ手元に残っていたチラシを思い出し、会場を訪れてみようと思いたった。中央線で少し行くだけである。もう講演を聴くことはできないだろうが、誘ってくれた大学ってどんなところだろうと、ちょっと興味がわいたのである。

最寄り駅に降り立つと伝言板があった。出入り口近くの壁に掛けられた黒板には使い古されたチョークが並んでいる。見ればどうということのない言葉が書き連ねてあった。気持ちが揺らいだ。『来ました、恵』と書いてみようか、分かるかな？　と思ったが、「無駄なことはすまい」と、その場を離れようと振り向いたところで、長田に会ったのだった。

「今、少し時間ありますか？」

今度は長田の方がそう聞いた。「あまり余裕はない」と恵は答えたが、長田はかまわずに駅近くの喫茶店へ誘い、奥の方の小さいテーブルで憑かれたように話し始めた。

「文学と政治と自分の生き様と……、どれも中途半端で、どれにも結論が出せないでいる」

その長田の言葉を聞きながら恵が今感じていることは、おそらく以前、新宿で恵の言葉を聞きながら長田が感じたことに通じている。二人が同じ空気を吸っていることを共有し合った瞬間であった。

恵は音楽を、長田は文学を選んでいるように見えて、それはただの隠れ蓑にすぎないことを、自分だけは知っている。気付いてしまっているのだ。

二人は盟友となった。恵が個人レッスンのために時々上京することを確認して、二人は別れた。

神はいたのか、いなかったのか。早大も音大も合格とはいかなかった。

音大の結果発表の時、わざわざ現地まで発表を見に行った恵は、久々に紀伊國屋書店で長田と待ち合わせ、ゆっくり話し合った。

「だめだったね」

二人はほとんど同時にそう言って笑った。

「どうする？」

と、長田は恵に尋ねる。

「F大にする。偏差値も大丈夫だと思うし、実は親に内緒でもう手続きしてあるのよ」

「いいのか？」

と、また長田。

「だって、あの時、『僕も行くからF大にしない？』って言ってくれたじゃない。それで決めたのよ」

「そっかー、実は僕も手続き済んでるんだ」

「ほんとに？　いいの？」

「いいに決まってるじゃん、恵が住んでるところだよ」

長田はニッと笑った。そうだった。冬休みが始まってすぐに、二人はまた紀伊國屋書店の階段で待ち合わせをしたのだった。その時の恵の様子から、音大に対する執着が弱く、といって就職も浪人もなさそうだと感じた長田は、思い切って提案したのだった。

「地元の大学に行く気はない？　実は、僕、F大受けてみようかなって」

「え？　早稲田は？」

「うん、親にはいっぱしのこと言ってるけど、気持ち的には、多分、恵とおんなじだよ。ちょっと東京離れたいし、どうしようかなって迷っていたところなんだ。そんな時、君と会えただろ。それなら福井はどうかなと思って」

長田は長田で、東京ではなく、政治的ではなく、ギラギラしていないところに潜り込み、息をひそめようと思っていたところだったのだ。二人の新たな決心を確認し合った。

「じゃあこの次は〝おめでとう〟だネ」

軽やかに手を上げて、恵は東京駅に向かった。

たとえF大に受かっても〝おめでとう〟にほど遠いことは、恵にも長田にも分かっていたが、とりあえず生きていく方便としては、良しとしておこう。それだけのことだ。

神はいたようだ。

もう少しモラトリアムでいたくて、親にも黙って受験した恵も、東京での政治的な喧噪と恵の不在に耐えられず、逃げるように受験した長田も、見事、F大に合格した。

恵の両親は、本当は手元に置きたかった娘が地元の大学に通い、総合病院を継ぐにふさわしい学歴も手にできるのだから、文句の出ようがなかった。それどころか、内心拍手喝采だった。

戸惑ったのは長田の両親である。長田は一人息子だ。早くから文学に目覚め、高校では文芸部の部長を務め、全国的な同人誌で創作活動もしていた。「文学するなら早稲田のI文」と言われた名門を目指しているとばかり思っていたのに、日本地図のどこにあるかさえ分からない福井くんだりに行くというのだ。何を考えているんだか……、という思いだった。

早稲田を出たとて、文学を職業にできるとは思っていなかったが、東京にいれば、大学の助手も塾の講師も可能性はある。ひょっとして、書いたものが世に出るかも知れないではないか。

「福井？　どこ、それ」「浪人してもいいから」とまで言い、東京に残ることを勧めたが、何日も言い合い、もう止める気力も失せた長田の両親は、同じ言葉をつぶやいて顔を見合わせた。

「煮え湯を飲まされちゃった」

　両親が気持ちよく送り出してはくれないことを長田もよく承知していて、引っ越しなどはすべて自分だけで段取りをした。身の回りの品を少しだけ持って、東京駅からかつて裏日本と言われていた北陸へと旅立った。


　F大の周りには安くて手軽なアパートがたくさんあった。近くに銭湯さえあれば、そのほかのことはどうでもいい。学生課に貼られた不動産情報の中から選んだ二階建ての木造アパートは、男子学生ばかりで、まるで大学の寮のような様相を呈していた。玄関もトイレも共同だったが、各部屋に、インスタントラーメンが作れるほどの小さいガスコンロが付いていたのが気に入り、長田は即決した。

　大学の前の芦原街道沿いにはラーメン屋、八百屋、肉屋、本屋、米穀店、時計店などが並び、生活に困ることはない。風呂屋は踏切向こうに二軒もある。街道沿いには学生たちに人気の喫茶店もあった。ショートカットの妙齢の女性二人が切り盛りしている。彼女たちの「いらっしゃいませ」と「ありがとうございました」が、都会的だというのが人気の理由らしい。まあ、長田には何ともコメントのしようがなかったが、ここ「ビー・ファイヴ」に集まる人は、ほとんどが学生であった。正門斜め前の二階建ての小さい店は、ドアをはやりの白で塗りつぶしている。いつ来てもジャズがかかっており、食事はパンだけだったが、一階はほどよく混んでいた。店内には二階に続く階段があったが、どんなに混雑しても、二階を開放したりはしない。聞くところによると、そこはママの隠れ家だという。

インスタントラーメンに飽きると、長田はここでお気に入りのジャズナンバーをリクエストしながら、サンドイッチをつまんだ。もっとましな食生活をせねばと思うのだが、何も食べる気になれなかった。

静かだと思っていた地方の大学にも政治的輩《やから》はいて、大学の正門前には立て看板が並べられていた。東京から見れば稚拙な、おとなしい看板だったが、書かれている字体は東京と同じ新左翼系であるのが、長田の笑いを誘った。

少数派に違いないその看板の横を通って、毎日まじめに講義に通った。教養学部だから周りには教職希望の人が多く、そのための単位を取るのは、結構大変なようだった。まだはっきりとは将来を定めてはいなかった長田は、一般教養の講義を時間の許す限り受けることにした。それは未だに迷っている自分に対する〝保険〟でもあった。

五月の連休前のことである。構内では学生の賑やかな声が渦巻いていた。いつもの政治的輩とは違っているようだ。

「エーケンでーす。英語じゃないよ！　映画だよ～」

教室への通り道だし、避けるほどでもないと悠然とやり過ごそうとした時、

「おっ、ワイシャツの君《きみ》」

八等身のリーゼントが長田を呼び止めた。アパートで長田の下の部屋に住む学生、仏野だった。

「君、映研入らない？　入ってよ、洗濯物のお詫びに」

洗濯物のしずくを落としたお詫びが映画サークルか、と長田はあきれたが、断る方が面倒に思えて入会した。だが、せっかく東京から離れて静かな日常を淡々と送っていた長田は、熱心に参加するようなことはなく、二、三カ月に一度、顔を出す程度であった。

それでも、会えば言葉を交わすようになり、リーゼントの親友で、新井とかいう「映画は総合芸術」だとうるさく説く、講師気取りとも知り合いになった。まさかこの時、新井が恵とは高校の同級生だったなど考えもしなかった。というのも、長田と恵を「ビー・ファイヴ」で何度か見かけていた新井が、ここではそのことについて話題にしなかったからである。

一方、恵はといえば、卒業資格ぎりぎりの単位だけを取得するつもりで、ゆったりとした日々を送っていた。なんといっても楽しみは、講義が終わった後に、「ビー・ファイ

ヅ」で長田と待ち合わせることである。店から五百メートルほど歩けば電車の駅があり、恵の生家のある町へ運んでくれる。電車の待ち時間を利用してこまめに店に通ったが、毎回長田と会えるわけではなかった。が、今日は特別の約束がある。長田がアパートの部屋へ案内してくれることになっているのだ。

相変わらずコーヒーが苦手な恵はミルクティーを注文して、奥のテーブルに座った。もうママとは顔見知りになっていて、ドアを開けると、すぐ奥の方の席を案内してくれる。いつからともなしに、長田と恵の指定席のようになっているテーブルだ。カーテンの隙間から斜め前の大学の正門がちらりと見える。恵はいつも早めに来て、正門から小走りにかけてくる長田をじっと見つめながら待っているのが好きであった。至福の時間である。

その日も長田は忙しそうにアタフタと現れた。目が合うと、コーヒーの注文もせず、すぐに恵を連れ出した。

案内された木造アパートは喫茶店のすぐ近くにあった。共用部分は当番制で掃除をするだけとあって、さすがに綺麗とは言えなかったが、それがいかにも学生らしく恵にはいとおしく感じられた。部屋の入り口すぐ横に小さいガスコンロを見つけた時、思わず叫んでしまった。

「今度、夕食作るわ。いっしょに食べよう」

そう言っただけのことはあり、恵は案外と料理上手だった。地元の大学に通い、家業を継いでもらう娘に、恵の両親は学業の成果を求めることはなく、卒業証書だけもらえればいい、という様子で、いろいろな花嫁修業のようなものを勧めてくる。初めは恵も反発していたが、ピアノを弾くのとは違った達成感もあり、結構まじめに精進した。一つひとつできることが増えると、それで長田を幸せにできるんだ、と思うようになり、ますます習い事を楽しむようになった。

インスタントラーメンと「ビー・ファイヴ」のサンドイッチばかりだった長田が、たまに作ってくれる恵の家庭料理を楽しみに待つようになるのに、そう時間はかからなかった。それでも、恵が合鍵を持つようなことはなく、待ち合わせは件《くだん》の喫茶店と決めていた。大学のカリキュラムを最優先とし、自分だけの時間が不用意に潰されることを、長田が極端に嫌ったからである。

F大での生活も十カ月近くになり、季節は冬を前にしていた。北陸の初めての冬がどんなものか想像もつかなかったが、後ろ足で砂をかけるように出てきた東京に、長田が戻る気配は全くなかった。

「ねえ、お正月、家に来ない？」

突然の恵の誘いを、断るべきだったと、長田は後になって後悔した。

年頃の娘が付き合っているという同級生に親が会いたいと思うのは人情だし、放っておいて取り返しがつかないことになったら一大事だ、と心配もするだろう。「とにかく会ってみたい」という両親の要望を、恵も断れずにいた。ひそかな、とんでもないたくらみがあるなどとは、二人とも想像もしていなかった。

いつも羽織っている半纏を黒のコートに替えて、白いワイシャツとジーパンで現れた長田に彼らは言った。

「長田君、医者になる気はないか？」

長田は自分がどういう状況であるのか、年頃の娘と付き合うということが、地方ではどういう意味を持つのか、一瞬にして理解した。この家の敷居を跨いだことを後悔した。しかし、ここでも、「その気は全くありませんから」と、きっぱりとは断れなかった。断れない自分を知って、恵への執着を知って、ますます立ち直れないままに、恵の生家に一泊した。

医学部に編入し、娘の婿となって総合病院を継いでほしい、そのためのいっさいの世話は責任を持って請け負う。しばらく娘と二人きりで住みたいというなら、そのための住まいも準備する。ただ周囲の目もあるから、親戚を集めて簡単な婚約披露だけはしてほしい。

そんな彼らの意図を、恵も全く知らなかったことだけが、長田の唯一の救いだった。

困ったことになった。何もなかった頃と違って、二人は無邪気に会えなくなってしまった。北陸には珍しく雪の少ない冬だったが、二人にとっては、まるで雪深い北国のように閉ざされた日々が続いた。そろそろ単位取得の可否が話題になる頃、久々に二人は待ち合わせることにした。

相変わらず恵は先に来て、奥のテーブルに座った。窓越しに正門を見やりながら長田の姿を待つ。その日はアタフタではなく、ゆっくりと足元を見ながら店に入ってきた。

軽く手を上げて、長田はコーヒーを、恵はミルクティーを頼み、向かい合って低い椅子に座り込んだ。

「元気だった?」

「うん」

「ちゃんと食べてる?」

「うん」

あれから少しやせてしまった長田は、ますます太宰めいて、肩までのうねった髪が重そうだった。長田の座る椅子の横には『朝日ジャーナル』が、無造作に放り投げられている。かたや恵の横には、分厚い『邪宗門』がカバーも付けずに置かれている。高橋和巳の渾身の作品は、今も恵の愛読書の一冊だったが、はさんだ栞が同じところで止まっているように見えた。

どれだけの時間が経っただろう。二人は静かに顔を上げて、どちらからともなく言った。

「しばらく、離れてみる?」

長田は伝票を取り上げ、会計を済ませて店を出て行った。

残された恵は、うつろな目で窓を眺めたまま、長田の後ろ姿を見送った。

「しばらくではなく、多分、永久にだ」

自分の苗字が「永遠」であるという皮肉に気づき、恵は少し笑った。が、そのまま凍りついてしまった。時間はどんどん経つのに、体が動いてくれない。

何度かお冷やを替えに来たママは、テーブルに置かれた『邪宗門』の位置さえ変わっていないのに気が付いていた。

「そろそろ、店、閉める時間だけど、ちょっと待っててね」

ママはそう言うと、客のいなくなった店を手早く片付け、部屋のライトを落とした。

「ねえ、二階に行かない?」

二階とは、ママの隠れ家と噂されているあの部屋のことだ。氷の入ったグラスを二つと〝ダルマ〟、当時、若きインテリゲンチャの間で愛されていたサントリーオールドを小さなトレーに載せて、恵を誘った。短いスカートにもかかわらず、カッカッと大胆に階段を昇るさまは、あまたの客に見せてやればいいのにと思わせるほど、格好良い。

黒いカーテンと、すっぽりと体を包み込む深い椅子。木目調のステレオとそれをはさむように壁に掛けられた大型スピーカー。タイトなミニスカートに包まれた足を惜しげもなくあらわにし、深々と椅子に沈み込んだ。レコードが回り、やがて大音量で聞こえてきた歌声はなんと、前川清の〝神戸〟だった。ママは恵の顔を見て、少し笑って言った。

「こういう時はね、泣くのよ、思いっきり」

恵は泣いた。わんわん泣いた。ママは黙って大音量の前川清を聴いていたが、曲が終わると話し始めた。

「長いこと女やってると、いろいろあるのよ。店ではジャズなんか流してるけど、つらい時は演歌に限るの。無性に、前川清の高い声に酔いたくなる時があってねえ」

その日、恵は家に帰らなかった。そのまま朝まで、ママの隠れ家に潜んでいた。家族には、「彼のところに泊まったから」とだけ答えた。

いつの間にか桜も散り、F大での二度目の新緑の季節を迎えた。その日も恵はビー・ファイヴで奥のテーブルに陣取っていた。もう長田が現れないこと、正門の方から走ってくるはずもないことは承知していた。それでも、指定席のように、その席に座ることをやめられなかった。と、背の高い若い男性が恵の目の前に立った。

「あれ、いつもの彼、来てないの？」

突然の声に、窓から目を離し顔を上げた。キャンパスで見かけたことがあったのか、この店で居合わせたことがあったのか、判然とはしないのに、なんでも受け入れてくれそうな柔和な瞳に、恵はなぜか声を失い、ただただ涙があふれてくるのを止められなかった。

「ねえ、ちょっといっしょに来て」

仏野は半ば強引に恵の手を引き、愛用のバイクの前まで連れ出した。

「乗りなよ」

後ろに乗った恵の手を自分の腰にまわし、

「しっかり、つかまってて」

そう言うと、行き先も言わずに走り始めた。ずいぶんとばしている。車と車の間をすり抜けるように体を左右に倒す。やがて、前に誰もいなくなった道をまっしぐらに走り始めた。風を切っているのに、爆音を鳴らしているのに、仏野の背中は静寂そのものだった。誰も何も言わず、とがめず、しがみついている自分さえ風に吹かれて消えそうだった。

バイクが停まった。

「ちょっと歩こうか」

福井市街から山の方へ一時間ほど走っただろうか。目の前には両脇の杉木立にはさまれて、石畳の参道がある。緩《ゆる》やかな石畳を進むと、上の方で風がサラサラと音を立てる。さらに登ると森の中に古ぼけた建物が見えてきた。緑色の屋根を持つその拝殿が、平泉寺白山神社だと教えられ、恵は初めて名を名乗った。

「今日はありがとう。わたし、恵。とわけい。永遠の恵み、と書くの。すごい名前でしょう」

「おれ、ふつの。ホトケノマコトでございい」

わざとおどけて教えてくれた名前を聞いて、恵はハッとした。どこかで見たようなと思ったのは、長田のアパートだったのだ。

太宰に憧れていて真っ白なワイシャツを欠かさなかった長田が、いつだったか洗濯したばかりのシャツを落としてしまったことがあった。半絞りのまま乾かすものだから落ちたら最後、また初めからやり直しだ。しかも落ちたワイシャツが真下の部屋の出窓に引っかかってしまい、その部屋の住人を巻き込むはめになった。ちょうどその時居あわせた恵が、落としたワイシャツを、下の階の住人のもとに取りに行くという、お使い役を買って出たというわけだ。

仏野は人気の喫茶店「ビー・ファイヴ」をよく利用していた。ちょっとした打ち合わせや待ち合わせに、ちょうど良い場所だった。何度か通ううち、奥のテーブルに座る一組の男女が気になるようになった。しかも、男の方はアパートで上の階に住んでいるやつときた。目立つ格好をしているものだから、すぐに分かった。

「なんだ、映研に顔も出さずにこんなところで油売りやがって」

そう思ったが、大学のサークルなんてそんなもんだ、命がけのやつもいるし、長田のように顔を立ててくれただけのやつもいる。

「前に座っている人は……、そうか、あの時のワイシャツの女性か」

下宿でのこと、ノックの音に驚いてドアを開けると、黒髪を肩の上でバッサリと切りそろえた女性が申し訳なさそうにドアの前に立っていた。

「あの、ワイシャツが落ちてしまって、窓のところに引っかかってませんか」

確かにハンガーにかかったままの濡れたワイシャツが、手すりに引っかかっていた。するとこの女性は長田んちの客なのか。へえ、と思いながらぶっきらぼうに手渡すと、

「ご迷惑をおかけしました」

と丁寧に一礼して去っていった。

いつもいつも二人でいるとは限らなかったが、それにしてもこのところ男の姿を見ないなあと思っていた仏野は、いつもの椅子に座ったまま窓の外をぼんやり眺めている長田の客を放っておけなくなった。名前も知らぬその人を、有無を言わさずここへ連れてきてしまった。人はたった一度の出会いにからめとられることがある。


特に宗教に興味があるわけではないのに、何かあるたびに仏野はここに来た。平泉寺白山神社の境内は、木と水と風の中にある。そして足元には苔。京都の苔寺・西芳寺にまさるとも劣らぬ苔の深い絨毯《じゅうたん》に足を沈ませると、杉木立に囲まれた恐ろしいほどの静寂さともあいまって、体ごと空に吸い込まれるような錯覚におちいる。かつては僧兵を八千人も擁していたといわれる強大な宗教都市のエネルギーと、拝殿にたどりつくまでに体力を消耗した、ほどよい疲労感。そのすがすがしさに、今までの自分が、自分のこだわりが、小さく軽く思えてきて、それでいて、いとおしくなる。

「名古屋に戻って家業を継いでやるか」

ここは、リセットするにはちょうどいい場所だった。その日、抜け殻のように椅子に座りっきりの女の子を、どうしてもここに連れてきたかった。

「そこまでするのは、男としてか？」

仏野は自分に問いかけた。多分答えは「ノー」だ。椅子に座っていたのが男でも、盟友ならば同じことをしたと思うからだ。


冬が過ぎ二回生となる新学期を迎えても、長田が「ビー・ファイヴ」のドアを開けることはなかった。もっぱら学生食堂で茶を飲み、昼を食べる。入れ替わり立ち替わり現れる群衆の中で、気楽に埋もれていられるのが気に入っていたのだ。

ところが、長田を見つけた者がいた。

恵と同じ高校だった森翔《もりかける》である。おとこ名だが正真正銘、女性である。「我が子に男女の別はない」と、一身に期待を受け、生まれる前から名付けられたが、本人はあえて「しょう」と名乗っていた。

翔は少なからず不遇な生い立ちを持つ。小学卒業の年、父が事業に失敗し債権者に追われて一人で命を絶った。残された母と翔は身一つで、隠れるように暮らすことになった。小さい頃から優秀だった翔は県内きっての名門高校に合格したが、大学に進学できる日途はなく、母を見守りながら地元に骨を埋めるものと、早くから覚悟していた。

それでも自分の能力がどれほどのものか試したい気持ちはある。むしろほかの人より長けているかも知れない。女子専用の就職クラスではなく、男女共学の進学クラスを選び、日々爪をといでいたのは、そういう理由があったからだ。そして、同級生たちが進学先に迷う中、初めからF大だけを見定めて挑戦した。父が亡くなるまで、翔の家がF大裏門の正面にあったのも一因であるかも知れない。

首席で合格した。

「ここに通学することはなく、卒業もしない。けれど、私には、ここにいる資格がある」

今は三十分ほどもバスに乗らなければここに来られないのに、事あるごとにF大のキャンパスに顔を出した。美貌というほどではないが、理知的な広い額と切れ長の目は、十分に人目を引いた。しかし思春期を支配した屈折した経験は、翔に影を落とした。世の中に対しては斜に構え、目的もなく入ってきた学生をどこか見下していた。その象徴のような永遠恵などは、格好の餌食であった。

地元に骨を埋めるべく、無理をして銀行に就職したが、父親がいないというハンディは思いのほか重かった。加えて自称〝F大特待生〟である。すんなり社風に染まれるはずもなく、半年ほどで会社に辞表を出した。母親にそれを明かしたのは、さらに半年後のことだった。

朝、家を出てF大のキャンパスに身をおく。失業保険をもらいながら、ほとんどの時間を学生ホール、たまに食堂、そしてその頃かまびすしかった学生運動の声の中に身を置いた。時に眉間にしわを寄せ、時に唇に冷笑を浮かべながら。

学生に人気の「ビー・ファイヴ」に顔を出す気など全くなかったが、いつだったか学生ホールでアルバイト情報を探っている時、遠くから、あの永遠恵に声をかけられた。

「あら、久しぶり。ここに通ってるの？」

なにげない恵の無邪気な問いかけが、眠っていた翔の何かに火をつけた。

「うん、まあ」

返事をはぐらかしていたが、成り行き上、行きたくもなかった「ビー・ファイヴ」に行くはめとなった。さらには、店内で長田なにがしとかいう男まで紹介された。すぐにでも引き返したかったが、ここは踏ん張りどころだ。苦いコーヒーと無駄な茶代をのみ込んだ。

「世の中は、なぜもこう、不公平なのだ！　なぜ、彼女は全てを持っている？」

翔はその思いを、時々声に出して呟くようになった。その日もぶつぶつ言いながら、日課となったキャンパスに向かった。いつも持ち歩く水筒をブラブラさせながら、テーブルを物色するうち、ホールの中ほどに見つけたのだ。ノートを開き、必死に何かを書きつけようとしている半纏を羽織った男、この前喫茶店で紹介されたあの男を。

「あら、久しぶり。ここに通ってるの？」

恵にかけられたのと同じ言葉をその男にかけた。全く記憶がないらしい対応に、

「恵ちゃんの同級生です。このあいだ『ビー・ファイヴ』で会いましたよね。オサダさんでしたっけ」

近頃は店で待ち合わせしないのだろうか、その半纏姿を頻繁にここで見かけているような気がする。初めは、ただの群衆の中の一人にすぎなかったのに、事あるごとに声をかけ、政治的な話題もぶつけながら、少しずつ長田に近づいていった。

東京から比べると遅くて弱かったが、学生運動の波は地方にも確実にやってきていた。翔にとっては街の雑音の一つにすぎなかったのに、仕事を辞め、キャンパスで時間を消化するようになってからは、世の中に対する怒りを、拡声器の声に重ねるようになった。翔は、徐々に、普通に講義を受け、笑いながら語り合うカップルを見逃せなくなっていった。

今日もまた、翔が半纏男に放談する。語りかける言葉をおざなりにしか聞いていないこの男は、それでも大学生といえるのか？　翔は怒りを抑えた声で長田に言い放った。

「あなたには、関係ないか」

長田は思う。この俺にそう言うか。何も知らずにそう聞くか？　俺は東京出身だぞ。本物を知ってるんだ。政治の喧噪から距離を置きたくて地方にいるなんて、君は想像もできないだろう。よくも言えたものだ。「あなたには、関係ないか」なんて。

その言葉は、長田にとって禁句だった。「この社会にも人生の意味にも無関心で、能天気のまま漫然と生きているんだね」そう突きつけられた形になったからである。

一度は結論を出したはずなのに、太宰に関してでも半纏に桐の下駄を真似ている程度だし、恵に関してもノーすら言えずに避けているだけだ。そして森翔なんかにつけ込まれ、馬鹿にされている。名前まで変えてここに臨んだのに、弁明すらできないでいる。

「たしかに関係なかったんだな、どれも。何にも決着を付けてないし、誰に対しても責任をとれてない。俺の存在価値なんてないに等しい。生きていること自体が、関係なかったんだ」

それらを言葉にはせず、長田高生は森翔に向かって、たった一言だけ言った。

「関係ないよ」

その後、キャンパスで長田を見かけることはなくなった。あせった翔は即座に「ビー・ファイヴ」へ足を運んだ。予想通り奥のテーブルにいた恵をつかまえると、目の前に陣取り、不作法に言った。

「長田君とね、ここんとこ付き合ってたんだけど、彼、この前こう言ってたよ。『恵に連れてこられて、今こんなところにいるけど、関係なかったなあ』って」

言葉を失っている恵に、勝ち誇ったように笑みを浮かべ、店を出て行った。翔は、恵との細かい事情を長田から聞いているわけではなかったが、社会の底辺を歩いてきた鋭い勘と洞察力は、あたらずとも遠からずの真相にたどり着く。どうせ失うなら誰かを道連れにしてやろう、という邪念も身につけてしまっていた。

長田の死が伝えられたのはそれから一カ月ほどしてからだった。後ろ足で砂をかけるように飛び出してきた、実家で発見されたらしい。睡眠薬を使っていた。まことしやかな噂が流れた。「その睡眠薬は、森翔が調達したものだ」と。さらに、「森翔がいつも持ち歩いている水筒には、睡眠薬が入っているのだ」とも。

実は翔の父を死に追いやった事業というのは、薬局だった。「町の薬屋がどうして？」と世間が騒いだが、どうも新薬開発に手を出したらしい。医大の研究室に頻繁に出入りしていたし、大手製薬会社との間に入って資金面にも関与していたとか。翔も母も何も知らないままに一家の大黒柱を失ったが、薬局を閉めなくてはならなくなり、在庫を整理し始めた。買ってもらえそうな薬品はできるだけ売りに出し、身を軽くした。その中に強力な睡眠薬も大量にあったが、母には内緒で翔は手元に置いたのだ。

「父の後を追う時に必要かもしれない」

漠然と思っただけだったが、眠れない時などには使うこともあった。「その睡眠薬を長田に差し出したのだろう」という噂だった。

東京でのほんの小さい記事を見つけ、F大の学生・新井に知らせたのは、東京で浪人している林田由起であった。永遠恵と新井宏三と林田由起は高校一年の時、同じクラスである。恵は早くから女子コースを選んで離れて行ったが、新井と由起は二、三学年を同じクラスで過ごした。浪人すると思っていた恵がF大の学生になったと聞いて、由起はかえって覚悟を決めた。一年先に朗報が待っているとは限らない。それでも、今結論を出すのはよそう。東京の予備校で受験勉強に専念したいと親を説得し、生活費の仕送りを約束させた。反対すればどんな行動に出るか予想もつかないと恐れる、親の弱みにつけ込んだ形だった。

憧れの東京に来て由起は好きにやっていた。

もっとも本人にそんな意識はなく、いつも生と死をさまよう〝現代の旅人〟を気取っていたが……。

〝旅人〟であるからして、東京と福井をしょっちゅう行ったり来たりしていたが、福井に帰ったからといって、実家に戻るとは限らない。福井にいるとも告げずに、高校時代の友人や、新井の学友つながりで大学の寮などを転々としていた。さすがに気がとがめて、福井－東京間の汽車賃は自分でひねり出していた。アルバイトの稼ぎによるところもあるが、何よりも食事代を浮かすのに必死だった。

由起の食生活は特記に値する。思春期ということもあってか、摂取量を極端に抑え、昼も食べないでいる。食べることには無関心で、とにかく胃に入ればよい、空腹でなければよいと、栄養のバランスなどは全く無視している。由起のカレーライスを一度食べてみるといい。インスタントのカレールーを買ってきて、鍋に溶かす。それをご飯にかけて食べる。ご飯は田舎から送ってきた米を自分で炊いたもの。たまに、これまた田舎から送られてきた玉ねぎが足されることがあるが、魚の缶詰や肉が加わることは、まずない。

こうして浮いたお金はすべて〝旅人〟の資金となる。都内の講演会や展覧会に消え、福井との往復に消える。福井に在住する高校時代の友人たちを断ち切ることもできず、東京に腰を据えて自分の行く末を見極める力もなくて、ぷかぷか、ぷかぷかと〝旅人〟を続けていたのだ。

〝旅人〟を一年も続けたが、由起はどこかの大学生になることはできないまま、春を迎えてしまった。また実家に顔を出し、昨年と同じように親の弱みにつけ込んだ。

由起には福井に帰ってきた時、決まって行くところがあった。いつでも、実家より先にそこに行くことにしている。東京から福井駅に着くと、そのまま京福電気鉄道三国芦原線の電車に乗り換えて終点、三国港で降りた。

由起にとっての三国は、子供の頃、母に連れられて毎年見に行った祭りの町である。母の一番上の姉の嫁ぎ先がそこにあったのだ。トンネル横の階段を上ってすぐのその家に、学校を休んで遊びに行った。この祭りでしか見たことのない珍しいおもちゃ、金魚すくいに失敗したブカブカになったうちわ、三國神社境内いっぱいにテントを張った見世物小屋。日頃は爪に火をともすような暮らしをしているのに、三国祭の日だけは少しだけお金が使える。母が少しだけお小遣いを持たせてくれるからだ。それを握りしめ、神社境内のおどろおどろしい見世物を見に行くのが、毎年の楽しみであった。そこに売られた蛇女《へびおんな》や牛《うし》女《おんな》の痛ましい姿を、人波に押されながら見るのが、北陸三大祭の隠れた醍醐味だった。

由起にとってはそれだけの町だったのが、ある時から別の意味が加わった。文学青年が高校に入学してきたのだ。その生徒の住処《すみか》がここにあった。「文学を志す」と公言しているのに、音楽にも造詣が深く、生徒会の活動にも手を出し、学校祭などではゼミも張る。目的を持った人間の強さをまざまざと見せつけられた。〝迷える子羊〟だと自認している由起は、彼の生い立ちを追って、折に触れて海の町を訪ねるようになった。

由起は勝手に言っている。「三国は第二の故郷」であると。赤い汐見橋とアーチが美しい新保橋を背に、海岸線を北の方へ三十分ほど進むと松林への入り口が見えてくる。荒磯遊歩道である。右手には高い松林、左手に日本海を見ながら、人の来ない林の中を黙々と東尋坊へ、時間が許せば雄島まで足を延ばす。

ごうごうと上空に渦巻く風の音だけが聞こえる林の道を、足元の背の低い草を踏みしめながら歩くと、数々の文学碑に出会う。三国には文人が住んだ。いつの時代も海は人を引きつける。

遊歩道の入り口近くに高見順、これは最近の作で、例の文学青年が建立《こんりゅう》に一役買っている。高校生のくせに、だ。続いて三好達治、東尋坊近くには高浜虚子、こちらは森田愛子と伊藤柏翠《はくすい》にはさまれて三連立している細長い句碑である。ほかにも山口誓子、石原八《や》束《つか》など海に向かって、皆、西方を眺めている。

懐かしい人に会うかのように、風を聞き、時には突風に見舞われることもあるのに、由起はこの場所を必ず訪れた。話す相手は自分である。ここにきて確認したいのだ、まだ生きていること、これからも生きていくことを。

昨年の秋だった。落ち葉の交じった草の道をカサカサと音を立てながら進むと、どこからか、鳥の声に交じって人の声が聞こえてきた。笑い声とひそひそとささやく声。少し先を若い男女が歩いている。追い越すのも面倒だと思いゆっくり歩いたが、前の二人は時々抱擁などしてちっとも進まない。仕方なしにわざと音を立て、追い越しざまに「ごめんなさい」と声をかけた。驚いたように脇によけようとした女性の方から「あっ」と小さい声があがった。由起は顔を上げた。目が合った。黙礼を交わしただけだったが、その若い女性が永遠恵であることはすぐに分かった。

東京に個人レッスンにまで通ったのに、全く畑違いのF大に納まった恵のことは、失笑と驚愕のうちに知られていたし、もともと総合病院の御令嬢は見目麗しい。噂はどこにいても届いてくる。隣の、いかにも純情そうな男性が長田高生であることも、福井に戻ってすぐに知った。

あれ以来会うこともなかったが、梅雨がなかなか始まらない蒸し暑い日に、二年目となった予備校に涼を求めた時のことだ。ロビーの東京新聞の訃報欄に、「長田高」の名を見つけた。〝六月十三日死亡〟とあった。

恵もいっしょではなかったのだろうか？　その疑問が由起をとらえて離さなかった。夜になるのを待ち、公衆電話の前に小銭を山積みにしながら新井の家に連絡した。

「長田さんの名前、本当は高だったよね」

由起は訃報を伝え、恵について尋ねた。

「え？　間違いないか？　恵は、その頃、普通にあの店にいたよ。どうやって知らせよう。変な噂が耳に入る前に知らせてやらないとなあ。彼女、もつかなあ。……仏野に頼んでみるわ」

もう新井に任せるしかないと思った。彼なら恵の嘆きが一番少なくて済む方法を考えるだろう。近いうちにまた福井に行くことになるかも知れないと思いながら、由起は受話器を置いた。


お調子者の新井は、何かにつけて目立っていた。どちらかというと〝その他大勢〟に甘んじていられる由起は、同じクラスにいても彼のことなど眼中にはなかった。

潮目が変わったのは一年の夏休みの課題である。『愛国心』についてレポートせよ、という課題が出た。由起は図書館や本屋に通い、できる限りの情報を集めて理論を構築した。まあまあのできだと思っていた。ところが、提出日に取り巻きに囲まれながら話している新井の言葉を聞いて愕然とした。

「でもなあ、オリンピックで『君が代』が流れるとなあ、涙腺が緩むしなあ……」

負けたと思った。愛国心は戦争を誘発する。無垢だと信じてはいけない。それは歴史が証明していると、新井自身が主張しているにもかかわらず、それだけでは処しきれないものがあるということを提示したのだ。以来、由起は新井を無視できなくなった。

恵は同じクラスにいたが、そういう類《たぐ》いのものには全く動じなかった。早くから音楽の道に進むと決めていたからである。県内でも著名な病院の令嬢で、ピアノの発表会では新聞に高く評価する記事が載るほどの腕前だったし、育ちの良さは性格を優しく柔らかく作り上げる。何より、見目麗しさが男子生徒の目を奪った。

新井はお調子者ではあったが、彼女になびくほかの男子生徒とは一線を画したかったようで、その反動なのか、言葉少なく目立たない由起に声をかけることが多かった。映画好きの由起が、新井の持論「映画は総合芸術」を目を輝かせて聞いているのが、心地よかったのかも知れない。

高校二年になって進学クラスと女子専用の就職クラスに分かれてからは、校内で女子の情報や力が必要になった時、新井はいそいそと女子クラスを訪ね、情報や人材をしっかり調達してきた。そこに恵がいなかったら決してそうはなるまい。由起は気づいていた。新井の中に恵が棲んでいることを。

それは思わぬところでほころびを見せた。高校最後の学校祭の後、打ち上げを兼ねて先輩がF大キャンパスに招待してくれた時のことである。高校の時から社会科学研究会に属していた先輩は、少なからず政治的なアドバイスもしたかったようで、うすうす意図を察知していた有志たちは私服で集まった。服装を単なるファッションとしてではなく、〝思想〟だと考えていた彼らは、Tシャツにジーパンで出かけた。その有志の中に、恵もいた。

見目麗しき恵のジーパン姿は群を抜いていた。

新井が興奮しながら由起にささやく。

「恵のジーパン、かなわないなあ」

その瞬間、サッと由起の顔が曇った。一瞬だったが新井は見逃さなかった。それ以来、由起の前で恵の話はしなくなった。

新井は、ややこしい三角関係などごめんだった。その想いは今も変わらない。まして恵には長田がいた。仏野が旗を振って立ち上げた「映研」で長田と顔を合わせることもあったが、新井は講師気取りで「映画は総合芸術」論をぶつことに専念した。中学の頃から必死に集めた蘊蓄《うんちく》を惜しげもなく披露して、仏野には感謝されている。

「今回は、仏野に助けてもらうかな」


その晩のうちに新井宏三は仏野のアパートを訪ねた。

「仏野、この上の部屋、長田だったよな」

「うん、水がポタポタのやつさ」

「最近会ったか?」

「あいつは〝我が道を行く〟だからな。そういえば、顔見ないかもしれない」

「さっき由起から電話があってな、『長田の死亡記事を見た』って言うんだ」

「え？　どこで。聞いてないよな」

「東京の新聞だって。近頃恵とも会ってないみたいだし、思いつめたのかな」

「うーん。恵と長田の関係は、俺らにとっては理解の外だ。まだ遠距離恋愛の方が分かりやすい」

「恵は知らないんだろうなあ。仏野、お前から知らせてやってもらえないか。今でも『ビー・ファイヴ』に顔出しているみたいだから」

「そうだなあ。ほかならぬお前の頼みだ、ひと肌脱ぐか」

「悪いな。俺は高校の時から恵は苦手なんだ。でも、わざわざ知らせてきた由起の気持ちを思うとさ、放っておけないだろ」


F大での生活がまさに始まろうとしている学生ホールの駐輪場で、バイクを探している仏野に声をかけたのが新井だった。交通の便が決して良いとは言えない地方都市で、バイクの需要は多い。学生の間だけ気軽に使いたい、そう思う人は結構いて、だから卒業となるとその始末に手がかかる。三月に卒業生が手放しあふれたバイクを、四月に新入生に斡旋する。今でいう学生サイトのビジネスまがいのやり取りが、成立していた。高校時代からキャンパスに出入りしていた新井は、そういう事情にも詳しく、早くからこまめに動き回った。仏野は今のバイクを、新井の口利きで手に入れたのだった。

新井への借りはそれだけではなかった。仏野は五月病などには全く縁がない。それもそのはず、短く刈り込んだリーゼント風の、赤茶毛と八等身のスタイルの良さはすぐに学生ホールの人気者となって、寂しがっている暇はなかった。が、取り巻く彼女たちにはほとんど興味がわかなかった。彼が惹かれたのは、大学通りの書店に働く長い髪を無造作に後ろに束ねただけの、地味な黒髪の女性、彼女は吃音《きつおん》があった。

まめに書店に通い、立ち読みを続ける。そのうち帰る時間を突きとめ、バイクで送るまでになった。「さすがにもてる男は違う」と周りには冷やかされたが、本人は結構本気だった。そのうち、時々部屋に泊めるまでになった。そこまでされれば女性は勘違いする。やがて、女性は妊娠した。いくら遊びではないと言い訳しても、さすがに子供を引き受ける覚悟は仏野にはない。すがるように見上げる女性を説得するしかなかった。

土地勘もないこんなところで、女性を傷つけず、母体を大事にしてくれる病院など知るはずもない。思案に暮れて頼ったところが新井だった。お調子者のように見えるが、ペラペラと言いふらしはしないし、秘密は守ってくれる。

新井はその時、恵の父親が経営する総合病院を紹介した。秘密裡に進められ、手術の父親欄には「新井宏三」と書いた。それ以来、仏野は新井の相談役に徹していた。

あくる日、仏野はさっそく、「ビー・ファイヴ」をのぞいて見た。恵はいた。いつもの奥のテーブルで『邪宗門』に目を落としている。厚い本だが、それにしても読み進んでいないなあ、と思いながら、

「ちょっといい？」

と、気後れする心に鞭打って、言葉を続けた。

「長田君ね、亡くなったようだよ」

「？」

「東京の自宅で」

「！」

仏野は恵の前に座って、恵から目を離さなかった。それが残酷な事実を告げた者の責任だと思った。どれくらい時間が経ったのか分からなかった。気が付くと、恵の瞳から一条《ひとすじ》の涙が流れていた。

「仏野さん、明日、少しだけ付き合ってくれませんか」

翌日、仏野と恵は、大学の最寄り駅から終点までの切符を買って、三国港行きの電車に乗った。港から海沿いを、荒磯遊歩道の入り口まで歩いた。かつて長田とよく来たあの林

である。

「仏野さん、私、ここが好きなの。長田君もここが好きで、よく二人で歩いたわ。今日だけでいいから、いっしょに歩いてくれない？　今は、一人でいたくないの、ごめんね」

申し訳なさそうにそう言うと、仏野と並んで狭い草道を歩いた。日本海に沈む真っ赤な夕焼けが、恵の悲しみを増幅させる。ほとんど言葉を交わさないまま帰りの電車に乗り、恵の生家がある駅で別れた。

一カ月ほどして、仏野のところに手紙が届いた。

『仏野さん、この間はありがとう。あなたのそばで、私は長田と話してました。太宰に憧れて早稲田に行くと心に決めていた長田を、こんな田舎に引っ張り込んでしまった私を、長田は責めることもなく一人で逝ったんです。

もっと責めてくれればいいのに、それが、私には悲しい。悔やまれてなりません。あとで聞きました。服毒した日は六月十三日だったそうです。太宰の命日です。きっと思い残すことはなかったと思います。

小さな完結……それを長田は手に入れたのではないでしょうか。

私も続こうと思います。大好きな場所で、同じ日に。

永遠　恵』

手紙を読み合い、この日は八月十日。手紙を見た仏野は、すぐに新井を呼び出した。

「今度の十三日が危ないな、捜しに行こう」

同じことを想像し、東京にいる由起も呼ぶことにした。

「この駅で汽車に乗ったのは、たった一週間前だったのに」

福井の駅に降り立った由起は、人々の足に踏まれて削られ、ずいぶんとくたびれてきた灰色の石段を見下ろした。フッとため息をつき、石段を踏みしめながら、階下の改札口に待つ二人の男子学生に手を振った。夏休みになると帰省のために会えなくなってしまう学生が多い。それが惜しくてわざわざ早めに福井に戻ってきた。会うべき人には会って、まるで東京が故郷のように、さっさと福井を引き上げたばかりなのに、またここにいる。盆と正月だけは堂々と親から旅費をせしめられるのだが、今回は自腹だけにそれも癪に障った。

三人はそのまま、恵を捜すべく新井の発案で電車に乗った。行き先はあの遊歩道だ。

林の入り口から恵の名を呼びながら歩き始めた。海から吹きつける風に負けじと、三人それぞれが大声を張り上げながら、松林を出たり入ったり。腰丈の草むらがあればかき分け、特に文学碑の周りなどは念入りに見回ったが、なんの手がかりもなかった。

誰にも会わないまま、岩場に着いてしまった。東尋坊まではかなりの距離があったし、電車に乗ってからも港に着くまでには一時間近くかかるのだ。若い学生は腹が減る。頃よく、風に乗っていい匂いが漂ってきた。イカを焼く匂い。たまらずに焼きイカをくわえた。

その二人が訪ね歩く。

「海に飛び込んだ女の子、知りませんか？　髪が肩まであって、ちょっと綺麗な子なんですけど」

土産物屋が続く限り尋ねまわり、店がなくなってからは、遠く雄島まで足を延ばした。安島から雄島に渡る赤い橋を渡り始めて、今まさに地平線に沈まんとする夕陽に見入ってしまった。由起は不謹慎だと思いながらも、

「綺麗ね」

と、思わずつぶやいた。とっくにイカを食べ終えた仏野が続いた。

「だけど、ここ怖いな。吸い込まれそうだ。まさか、あの子……」

どどん、どどん……と岩にぶつかる海の唸りを欄干の上からのぞいていた三人は、もう、

先に進む気力をなくしてしまった。恵の不在の、本当の怖さを初めて自覚したのだ。

何も得られなかった。ただ塩辛いイカが胃を満たしただけだった。


福井に戻り、由起は宿を探そうとF大へ向かった。もう夜なのに、学内には秋の学園祭に向けて準備に余念のない人がたくさん残っていた。今晩もその中の一人、大学寮の寮長に世話になるつもりでいる。

寮長とは昨年の学園祭の時、急に思いついて訪ねたキャンパスで初めて会った。茶道部の部長を務めていた彼女は和服を着て、来客の接待で忙しそうにしていたが、これまた義理堅い新井が、由起を寮に泊めてはくれないかと掛け合ってくれたのだ。彼女は快く了承してくれた。そして茶席の毛氈《もうせん》に膝をつきながら、挨拶代わりにこう言った。

「あなたは、本物の根なし草のようね」

それは由起に根拠のない自信を抱かせた。

「あ、私は根なし草でいいんだ」

御墨付きをもらった気分だった。由起は深々と頭を下げた。


恵のことは気になったが、由起はなすすべもなく東京に戻るしかなかった。そして、いつもの日常を続ける。どこかで何かに出会うかも知れないと、博物館や美術館を訪ね歩き、音楽会や観劇に明け暮れ、映画も名画座からアングラまではしごしたが、回を重ねるごとに自分に幻滅するばかりだった。それらの入り口にさえ立っていないことを、どこに行っても専門家がいて言葉遣いひとつとっても門外漢であることを、思い知らされるだけであった。それでも由起は、モラトリアムをやめなかった。

一年が経ち、二年が経ち、大学に入学していれば四回生。卒業の年である。相変わらず、東京‐福井間をウロウロしていた由起が、恵の死を知ったのは、その年の五月のことである。

仏野はなぜか少し安堵していた。恵の死を知って、あの夏の海からやっと解放されたような気がした。小さな完結が、恵にも訪れたのだと思った。というのは、恵があんなにも心酔していた高橋和巳が、五月に死んだと報道されたからである。五月三日、結腸癌だったという。それを知って、恵は納得して生を閉じたのではないか。

恵ならこう言ったに違いない。

「高橋和巳はねえ、学生運動に殺されたの。助教授でありながら大学と対決したのよ。そして辞職した。学生側に立った高橋は、外からも内からも責められたに違いない。どんな病名が付いていようと、高橋は時代に殺されたの！」

新井宏三は、重い知らせを受けて、髪をきっちりと肩で切り揃えた少女の白い顔を思い浮かべた。キラキラと輝いていたかと思うと、一瞬で、世の中の憂鬱を一身に背負い込んだような悲しい目に変わった。その振り幅は、我々現代の若者に共通している。

長田が逝って、恵が姿を見せなくなってから、熱い政治の季節も遠のいたのかと思う頃、ある季刊誌が発行された。

その『人間として』という際立った名前が気に入って購読したのだが、それ以上に興味をひいたのは発起人である。今最も旬の作家の名が勢ぞろいであった。小田実・真継伸《まつぎのぶ》彦《ひこ》・柴田翔・開高健そして高橋和巳である。ここにあがった高橋和巳の名を、恵はどこかで見ていただろうか？

「高橋和巳、頑張ってるんだ」

と、恵が自分を鼓舞することはできなかったのだろうか。

森翔は恵の死を知らずに終わった。檻の中にいる彼女には、誰も知らせなかったからである。実は彼女には小さな秘密があった。長田が死んだという噂が伝わってきた時、翔はあるたくらみを実行したのだった。

「ビー・ファイヴ」の奥に座る恵の前に、翔はぼろぼろになった紙袋を差し出した。

「これと同じもの、長田君にあげたの」

びっくりして顔を上げた恵に、翔はニッと笑っただけで店を出て行った。テーブルに残された少しふくらんだ紙袋には『もり薬局』と印刷されている。あの噂が嘘でも本当でも、その時の恵にはどうでもよかった。が、それが睡眠薬で、致死量以上であることは想像がついた。

恵の死が広まると、また、まことしやかな噂が流れた。

「森翔が薬を準備したんだって」

今となっては、もう、確かめるすべはない。あの後しばらくして、森翔は精神を病み、以来、入院を余儀なくされていた。


卒業してから初めての夏を迎える。

新井の声かけで、由起と仏野が「ビー・ファイヴ」に集まった。

生成りの麻の三つ揃いに蝶ネクタイを着こなす仏野は、予定通り名古屋の実家の印刷工場を継ぎ、若社長の名をほしいままにしていた。

由起は四年間の東京生活にピリオドを打ち、潔く、福井に戻った。猛勉強の末に公務員となり、今や県の職員である。「爆弾を抱えているみたいで」と年中不安におちいり、とうとう体を壊し入退院を繰り返すようになってしまった両親に、最後に差し出した爆弾であった。

声をかけた新井は、在学中に市内の新興企業に移籍していた。

「オレのアンテナは高いからな。新しい世界にチャレンジしているのさ」

とは、本人の言い分。確かに、人と人の間をあんなに精力的に飛びまわっていた新井には、ふさわしい舞台かもしれなかった。

久し振りに三人揃って奥のテーブルに腰をおろすと、ママがコーヒーを運んできた。小ぶりなバスケットが添えてあった。

「これ、あの子たちが好きだったの」

中には小さくカッティングされたサンドイッチが行儀よく並んでいた。

遊歩道のすぐそばに、海に下りる獣道のような、目立たない細い道がある。その先の小さな祠《ほこら》で、恵は眠っていたという。そばには、水筒だけが残されていた。

店内には『そして、神戸』、前川清の〝神戸〜〟という歌声が小さく流れていたが、それに気付いた者は誰もいない。

——大地に集う若き星の群れに捧ぐ

本作はフィクションです。文中に現在では不適切とされる表現がありますが、物語の時代背景を考慮し、当時使用していた表現のままにしています。

著者プロフィール
林 優（はやし ゆう）
1949（昭和24）年5月生まれ
福井県出身

青く瞬いた日々

2023年9月15日　初版第1刷発行

著　者　林 優
発行者　瓜谷 綱延
発行所　株式会社文芸社
〒160-0022　東京都新宿区新宿1－10－1
電話　03-5369-3060（代表）
03-5369-2299（販売）

印刷所　図書印刷株式会社

ISBN978-4-286-24468-6　JASRAC 出 2303744－301